为了那片绿水青山

陆相华 著

天津出版传媒集团
百花文艺出版社

图书在版编目（CIP）数据

为了那片绿水青山 / 陆相华著 . -- 天津 : 百花文艺出版社 , 2024.5
ISBN 978-7-5306-8722-2

Ⅰ . ①为… Ⅱ . ①陆… Ⅲ . ①报告文学—作品集—中国—当代 Ⅳ . ① I25

中国国家版本馆 CIP 数据核字 (2024) 第 070551 号

为了那片绿水青山
WEILE NAPIAN LÜSHUI QINGSHAN
陆相华　著

出 版 人：薛印胜
责任编辑：魏　青
装帧设计：書點文化
出版发行：百花文艺出版社
地址：天津市和平区西康路 35 号　**邮编：**300051
电话传真：+86-22-23332651（发行部）
+86-22-23332656（总编室）
+86-22-23332478（邮购部）
主页：http://www.baihuawenyi.com
印刷：四川科德彩色数码科技有限公司
开本：880 毫米 ×1230 毫米　1/32
字数：138 千字
印张：5.5
版次：2024 年 5 月第 1 版
印次：2024 年 5 月第 1 次
定价：68.00 元

如有印装质量问题，请与四川科德彩色数码科技有限公司联系调换
地址：成都市郫都区成都现代工业港北片区港北二路 551 号
电话：028-88451797　邮编：610021

目录

Contents

为了那片绿水青山 /001

彩云之南醉宣威 /012

绿水青山带笑颜

——内蒙古敖汉旗木头营子乡生态发展纪实 /020

我和东涌有个约定 /032

晋里神游聚寿山 /037

弦歌七秩忆新中 /046

石库门：大上海的城中遗韵 /054

光明的使者　精神的丰碑 /077

见证城市变迁　营造温馨彩虹 /086

百年沧桑王府井 /096

芳华十里南京路 /111

哈河古镇谱新篇 /114

春漾哈河水 /122

为梦筑桥写华章

——内蒙古敖汉旗箭桥中学发展纪实 /130

风雨岱山情 /141

林邑之城梦又新 /148

椰风海韵琼崖美 /159

为了那片绿水青山

内蒙古自治区赤峰市敖汉旗地处努鲁尔虎山脉北麓，科尔沁沙地南缘，东与通辽市奈曼旗接壤，南与辽宁省建平县毗邻，西北与赤峰市松山区、翁牛特旗隔老哈河相望。独特的地理位置和自然环境，孕育了这里近万年来的史前文明。敖汉旗现已发现的有小河西、兴隆洼、赵宝沟、红山、小河沿、夏家店下层、夏家店上层等可追溯到一万年前、从未出现断层的史前文化。敖汉旗兴隆洼一期聚落，被誉为“华夏第一村”。

曲折灿烂，延绵不断，新时代敖汉人又创造了许多可歌可泣的奋斗诗篇，从而享誉中国乃至世界。2012 年，敖汉旗被联合国粮农组织命名为“全球重要农业文化遗产”，并依此打造了“世界小米之乡”“中国小米之乡”“全国最大优质谷子生产基地”等特色产生。2002 年，敖汉旗被联合国环境规划署授予生态环境“全球 500 佳”荣誉称号，是全国唯一获此殊荣的县级单位。敖汉旗是“全国人工造林第一县”“全国人工种草第一县”“全国生态建设示范区”“全国再造秀美山川先进旗”……

艰难困苦，玉汝于成。由于敖汉旗是革命老区，又加上人多、地薄、缺水、风沙大等自然因素，敖汉旗从 1988 年就被列为国家级贫困县，贫困发生率一度高达 57.2%。经过 30 多年的不懈努力，特别是近几年来脱贫攻坚工作的持续推进，敖汉旗已实现了脱贫摘帽，敖汉人在这片土地上演绎出无数的传奇故事。

青山作证，大漠深处有盏灯

“一座座荒山望也望不到边，一片片黄沙荒无人烟，一阵阵狂风将天地都吹暗，一场场洪水将良田都冲淹……”“敖汉”系蒙古语，汉语为“老大”之意，总土地面积 8300 平方公里。据《明史》记载，历史上的敖汉旗，曾经是“沙柳浩瀚，柠条遍野，鹿鸣呦呦，黑林生风”的繁茂之地。后来由于旱灾、战争、滥垦、滥牧等原因，到 1975 年，全旗荒漠化面积达 6300 平方公里，占全旗总面积的 76%。那时的敖汉全旗粮食产量不足 1 亿斤，大多数群众吃返销粮。“种一坡，拉一车，打一簸箕，煮一锅。”20 世纪五六十年代的敖汉旗，农民种地，人种几遍沙压几次。

敖汉吕振乾老人在乌兰巴日嘎苏嘎查村住了大半辈子，30 年中有 3 栋住宅被埋。东荷也勿苏嘎查 70 多户牧民，1987 年含泪举家搬迁。敖汉旗许多老百姓还记得，晚上还平平静静，一早醒来，沙子从窗口流到了炕中间，有的家庭甚至黄牛顺着沙坨上了房顶踩塌了房顶……敖汉人的生存遭遇了严重的挑战。

著名作家巴金在散文《灯》中有一句话：“我们不是只靠吃米活着。”意思是说，一个人不能仅仅依赖物质生存，还需要有精神支柱。赤峰市政协副主席、敖汉旗委书记邱文博说：“一名真正的共产党人，只有心中常燃一盏灯，才能登高望远、洞察未来。治沙，逼出来的选择！”

邱文博，男，蒙古族，1965 年 11 月出生。2002 年，37 岁的邱文博在敖汉旗任副旗长，4 年后到巴林左旗任旗长，2011 年又回到敖汉旗任旗委书记，总共在敖汉干了 13 年。邱文博对敖汉的山山水水，一草一木，都有着深厚的感情，可以说他把人生最宝贵的时光都奉献给了敖汉这片土地……

大漠无情，沙进人退；大漠有情，人进沙退。人与沙之间是勇气与智慧的较量。“草死了，再种；树枯了，再栽。风沙大，人的决心更大。”从 20 世纪 70 年代开始，敖汉旗的许多山头、城镇，到处都是“林业是立旗之本”“苦挨不如苦干”等宣传标语，敖汉旗采取全民动员、集中攻坚、推磨转圈、轮流治理的办法，全旗每天出动劳动力十几万人，开展联村联乡大会战，一个流域一个流域地整体推进。最远的离工地 40 多公里，他们赶着驴车，起早贪黑，带上干粮，连续奋战。“新媳不省亲，嫁女犹回门。”从来没有什么事像治山会战那样牵动敖汉人的心。以敖汉旗六道岭村为例，曾用 8 年的时间组织仅有的 300 余名劳动力连年挖山，整地造林，挖鱼鳞坑 13600 亩，动土石方 70 万立方米，治理了 30 座山头、18 条大沟。在大山的最深处，高山之巅，人们风餐露饮，土里滚泥里爬……敖汉人用愚公移山的精神谱写了一曲曲惊天动地的战歌。

这是一场与时间赛跑的“绿色接力”，生态立旗是唯一的希望，茫茫大漠，戈壁荒滩，敖汉人从未停止“播绿种绿”的脚步。30多年来，敖汉旗广大干部群众充分发挥“愚公移山”的精神，义务投工投劳，开展了深入持久、规模宏大的生态建设大决战，并成功推出了许多先进人物和先进事迹。比较著名的有：“六道岭”的精神、“大青山”的气魄、“黄羊洼”的规模、“黄花甸子”的模式，以及“造林英雄”李儒、“绿树好汉”马海超、“沙漠之狐”孙家理、“绿色旋风”郑宪铭、“造田愚公”于久森等大批劳模人物，突出体现了敖汉旗的奋斗经验和“不干不行，干就干好”的敖汉精神。

敖汉将这些年的经验归结为四句话：一是领导带头领路子。一任接着一任干，一张蓝图绘到底。从1979年起，在每一个阶段，都可以看到敖汉旗生态建设的鲜明轨迹。二是政策支持交底子。从早期由政府为群众无偿供苗，到1985年后的半价扶持和以奖代补，再到90年代的联产承包、集体开发、股份合作和使用权拍卖等形式，群众积极性空前高涨。三是集中攻坚跨步子。从20世纪80年代起，敖汉旗每年确定三四个乡为会战重点，联片治理。90年代起，他们又采取联村联乡几万人甚至十几万人大流域会战。四是科技造林，规模发展。20世纪90年代中期，敖汉旗又引进并推广植物再生沙障治沙法，每年以3万亩的速度向沙地推进。深沟大坑整地、浸苗补水、适当深栽、扩坑填湿土、分层踏实等8个环节组成的抗旱造林系列技术，使造林成活率提高36%。此外，敖汉旗南部山区的客湿土造林、营造袋造林、生根粉、保水剂等技术，使造林水平产生一次次飞跃。目前，敖汉旗有10多个项目分获自治区和国家级科技进步奖。

岁月无声，青山作证。目前，敖汉旗有林面积572万亩，森林覆盖率44.07%。曾经的不毛之地，泛起了一片片生命绿洲。10 年前栽植的樟子松荫翳蔽日，20 年前造的防护林名副其实，敖汉人付出了无数艰辛与智慧的汗水……

生态反哺，绿水青山土变金

敖汉旗旗委副书记、旗长于宝君说：“我们既要绿水青山，也要金山银山，而且绿水青山就是金山银山。”敖汉旗是人口大旗，辖 18 个乡镇苏木街道，225 个行政嘎查村，19 个社区居委会。敖汉全旗总人口 60 万，其中农牧民人口 53 万，占全旗总人口 88.3%。多年来，敖汉旗牢固树立新发展理念，坚定不移走生态优先的高质量发展路子，取得显著成效。2019 年，全旗地区生产总值完成 140.2 亿元，同比增长 5.6%，城乡居民人均可支配收入分别达到 30335 元和 12513 元，同比增长 7.2% 和 11.2%。总量和增速均列全市第一。2019 年全旗粮食总产 24.75 亿斤，实现“十二连丰”，新增设施农业 1.5 万亩、优质牧草 6 万亩，全旗大小家畜存栏 301.5 万头（只），其中乌头驴 1.1 万头、纯血和牛 510 头、纯种杜泊及高代杂交种公羊 8000 只、多胎细毛羊 2200 只、奶山羊 2600 只。全年完成营造林面积 13.5 万亩，其中，沙棘 1 万亩、文冠果树 2 万亩。敖汉沙棘、宝国吐地瓜获批国家地理标志证明商标，“三品一标”数量稳居全市第一。

2014 年以来，敖汉旗重点发展了小米、毛驴、生猪、优质杂交肉羊、设施农业、食用菌等扶贫产业，实现 2.16 万人稳定脱贫。发展农牧业产业化龙头企业 39 家，扶持培育专业合作社 2710 个、家庭农牧场 279 个、种养大户 2220 家，建设扶贫产业园 15 处，实现了产业扶贫全覆盖。其中东阿黑毛驴产业园被命名为“全国就业扶贫基地”。敖汉小米入选全国首批“一县一品”品牌扶贫行动，敖汉小米“熬出中国味”广告语登录央视黄金时段。与此同时，敖汉旗还实施了电子商务进农村综合示范项目，建设村级服务站206个，实现99个建档立卡贫困村全覆盖。2017年敖汉旗列入阿里巴巴全国首批“电商脱贫样板县”，2018年被自治区商务厅和阿里巴巴农村淘宝联合授予“兴农扶贫敖汉旗品牌站”。此外，敖汉旗已建成10万千瓦集中式光伏扶贫电站、937千瓦村级光伏扶贫电站。全自治区单体最大的30545千瓦村级光伏扶贫电站项目即将并网发电，建成后可带动11430户贫困户年均增收3000元。

易地搬迁脱贫，后续帮扶最关键的是就业。敖汉旗通过规划先行、产业前置、群众首肯，将易地扶贫搬迁与产业发展同步谋划、同步推进，实现搬迁人口产业发展全覆盖。敖汉旗全旗搬迁贫困人口3927人，涉及15个乡镇189个村民组，建成19个集中安置区，现全部搬迁入住。其中全旗最大的新惠镇移民安置区，搬迁贫困户724户2003人，通过设施农业产业园、工业园区、物流园区、社区服务等岗位，积极引导贫困群众就业，确保搬得出、稳得住、能致富。2015年以来，敖汉旗完成文冠果木本油料林基地工程建设8.96万亩；沙棘造林2.43万亩，其中阿里巴巴蚂蚁森林项目栽植沙棘5391亩，带动85名贫困人口年人均增收4000元以上。与此同时，敖汉旗还实施林草产业扶贫项目10个，覆盖贫困户317户605人；吸纳贫困人口参与生态工程建设，覆盖贫困户104户314人；选聘符合条件的建档立卡贫困人口782人作为生态护林员，每户年获得1万元工资收入，覆盖贫困人口2309人。

精准扶贫，全景式脱贫攻坚。他们对全旗38500名贫困人口精准分析，厘清致贫原因，然后开展有针对性的扶贫，组建驻村工作队，并制定全旗 26 项产业扶贫“菜单”，供贫困群众自主选择，确保了项目精准到户到人。例如，根据敖汉旗群众有养殖毛驴的传统，实施了毛驴产业扶贫工程，通过“到户发展”“毛驴租赁”“贷款养驴”等方式，鼓励贫困群众养殖毛驴实现增收。目前全旗存栏毛驴 36 万头，是全国毛驴存栏最多的县级单位，带动 5337 户 11207 人稳定增收。

产业升级，脱贫攻坚迈大步

农牧业要强，产业必须强，这是农民脱贫致富、乡村振兴的治本之策。敖汉旗是农牧业大旗，全旗耕地面积 400 万亩，其中水浇地 105 万亩，粮食常年生产能力 20 亿斤以上，年出栏牲畜 350 万头（只）以上，是东北和京津冀地区农畜产品重要供给基地。

不谋全局者，不足以谋一域。种植业方面，要进一步优化粮经饲比例，积极发展旱作农业，重点打造国道 111 线南以谷子为主的杂粮杂豆种植区。大力发展高效节水种植业，打造沿国道 111 线、国道 305 线、省道 210 线设施农业种植区。扩大饲草作物种植面积，积极发展青贮玉米种植。养殖业方面，充分利用好赤峰市种公牛站落户敖汉、天津食品集团和北京禾佳源牧业有限公司肉牛养殖项目进驻的有利契机，深入实施好赤峰市“优质肉牛增量提效工程”，重点打造国道 111 线北以肉牛养殖为主的养殖业集中区，力争通过 3 年努力，全旗肉牛存栏达到 30 万头。扶持东大品证牧业有限公司和牛养殖项目，打造高端肉牛品牌，各地区要因地制宜调整优质肉羊、毛驴、生猪、蛋鸡存栏，推动实现畜牧业质效齐增。紧紧围绕农牧业地上资源，大力发展食品加工业，支持中敖食品、金沟农业、东阿阿胶、沙漠之花、文冠庄园等企业研发符合市场消费趋势的高端食品，增强核心竞争力。

近年来，敖汉旗不断统筹推进老城区改造、文化塑造、景观打造、片区开发、公共绿化等方面的改造提升。惠州街、文化路、文康路、学院路、新惠大桥已建成通车，旱作农业公园已开工建设，城区供排水、污水处理厂、供热供气管网等基础设施日臻完善，公共服务能力持续增强。敖汉旗深入实施乡村振兴战略，成效显著。旗级乡村振兴总体规划编制基本完成，新增乡村振兴试验示范带项目22个。扎实推进村容村貌整治，清理生活垃圾4.9万吨，完成改厕2625户，畜禽粪污资源化利用率达75.78%。其中，萨力巴乡成为“全国乡村治理示范乡”。敖汉旗的基础建设不断夯实，新建通村公路67.3公里，国道305线玛尼罕至玉田皋段、省道210线高日罕至羊场段二级公路建成通车。敖汉通用机场项目已完成手续办理，饮水安全持续巩固，供电质量显著增强，全旗基础设施保障水平正在经历全方位的提升。

几十年来，敖汉旗紧紧抓住“绿水青山就是金山银山”这一生态建设主题，抒写着自己的传奇。截至2019年底，全旗已脱贫15379户32903人，脱贫户人均纯收入全部超过现行脱贫标准，稳定实现“两不愁三保障”，99个贫困嘎查村全部出列，贫困发生率下降到0.78%。全旗还有未脱贫人口1951户4205人。2017年1月，敖汉旗代表自治区接受了国务院省际间脱贫成效考核验收，取得了优异成绩。同年9月，在全区脱贫攻坚国贫旗县间交叉检查中位列全区A类第四。2018年，敖汉旗被国家卫生健康委员会和国务院扶贫办授予“国家健康扶贫工程先进旗”称号。2019 年 1 月，敖汉旗代表自治区接受国家 2018 年度财政扶贫资金绩效考核，获得优秀等次。连续 5 年荣获赤峰市脱贫攻坚先进单位、赤峰市市脱贫攻坚综合奖。2020 年 3 月，敖汉旗正式脱离了国家贫困旗县序列……

精神脱贫，凝心聚力奔小康

“脱贫摘帽不是终点，而是新的起点。我们要发扬蒙古马精神，聚焦短板、查找差距、瞄准重点、苦干实干，全面巩固提升脱贫攻坚成果。”关于脱贫，邱文博这样说。为此，敖汉旗大力弘扬社会主义核心价值观,加强农村牧区精神文明建设，培养良好家风，树立文明乡风，厚植淳朴民风；大力推广萨力巴全国乡村治理经验，建立健全自治、法治、德治相结合的乡村治理体系；持续举办兴隆洼中国农民丰收节和城子山祈雨祭祖节等文化活动；以承办全市旅游发展大会为契机，加快文化旅游基础设施建设，丰富文化旅游载体；加快推进内蒙古史前文化博物馆、小米博物馆、旱作农业公园、兴隆洼国家遗址考古公园“两馆”“两园”建设步伐，打造史前文化研学游；依托敖汉干部学院三十二连山、马场梁等生态建设教学点，打造生态观光展示游；依托本旗温泉、森林、宗教、医疗等资源，积极发展温泉康养、森林康养、精神康养、医疗康养，打造医疗保健康养游。

敖汉旗政协主席牛成伦说：“敖汉这片神奇的土地有着无数美丽的传说，也诞生了无数的英雄，他们都将自己满腔的热血，毫无保留地献给了这片土地。这些故事，又演绎出一曲又一曲令人回味无穷的千古绝唱。”目前，《粟说八千年》专题片已开机拍摄，《大漠绿魂》《诺恩吉娅》电影顺利杀青。2019年，敖汉旗开展各类惠民演出196场，圆满完成区、市体彩运动会、国际自盟小轮车竞速、敖汉100越野跑等国内外赛事承办工作。随着敖汉体育场馆建设进度的加快，一些户外、登山、越野等多种旅游产品，文体赛事休闲游等活动也逐渐增多。此外，敖汉旗还鼓励发展庭院经济，因地制宜建设一批各具特色的农业庄园、田园综合体，打造乡村特色体验游。新惠八小、第四幼儿园建成招生，敖汉旗的义务教育均衡发展顺利通过自治区验收。旗医院、蒙中医院、妇幼保健服务中心等项目加快推进，旗蒙中医院晋升为三级甲等医院。

乡村振兴关键在于人才振兴。事靠人做，业由人兴。乡村没有人才支撑，振兴就很难实现。为此，敖汉旗切实加强“三农”工作干部队伍的培养、配备、管理和使用，努力锻造一支懂农业、爱农村、爱农民的“三农”工作队伍。以培养职业农民和本土人才为重点，充分发挥好乡村振兴人才培育中心和乡村振兴讲习所等阵地作用，加快构建一支有文化、懂技术、善经营、会管理的新型职业农民队伍。健全乡村人才引进机制，支持大学生、退役军人、企业家等人才到农村干事创业。充分发挥赤子峰会“老大归来”平台作用，成立赤子峰会办公室，建立赤子人才库，吸引更多乡友参与乡村建设。坚持党管人才原则，进一步完善人才引进和培育机制，积极营造重视人才、培养人才、关注人才的良好社会氛围。敖汉干部学院开班办学，成为中组部52所“全国党性教育基地”之一。“绿色敖汉”更有内涵，创新开展招商引资渠道，成功举办第二届“赤子峰会·老大归来”等活动。

“2020 年全面建成小康社会，是我们党向人民、向历史作出的庄严承诺。如期与全国同步全面建成小康社会，是今年全旗工作的头等大事。为此，我们要始终坚持‘生态立旗’战略不动摇，在高质量发展中推进生态建设，坚决打好生态建设下半场。”邱文博的承诺掷地有声。

“青山有情常怀绿，杏花报恩舞缤纷。”“脱贫攻坚”四个字无论是分量还是辐射面都堪称一项伟大的工程。合抱之木，生于毫末。每一片绿林，每一株秀木，每一处绿景，都是对敖汉旗脱贫攻坚的生动诠释……

本文发 2020 年 8 月《神州》杂志

彩云之南醉宣威

“彩云之南，山高水清；一山四季，十里不同。”彩云之南的宣威是云南省级园林城市，地处云南省东北部，为云南省曲靖所辖县级市。宣威市东与贵州盘县毗邻，南同富源、沾益接壤，西与会泽隔牛栏江相望，北与贵州威宁、水城相连，市内总面积为6075平方公里。宣威市政府距曲靖103公里，距省城昆明240公里，是出入云南的重要交通要道，被称为“滇东北大门”。宣威碧水蓝天，美丽丰饶，乌蒙山脉绵延南北，境内层峦叠翠，显示着浓浓的高原风情。宣威市自然景观和人文景观极其丰富，每年三四月份，漫山火红的杜鹃花如潮水般盛放，使人心旷神怡、流连忘返。秋冬时节，桦叶变黄，层林尽染，一个个平坦的河谷坝子上五谷飘香，绚丽多彩，有着江南的风韵与气质。宣威城内街道纵横，楼宇错落，风光旖旎，白云悠悠，人与自然相得益彰，和谐美善，充满着勃勃向上的生机和活力。近年来，宣威市又以“蓝天、碧水、净土”保卫战为主题，开创了生态文明的新格局。

站在宣威城市的制高点，鸟瞰宣威，“美轮美奂”的美奂公园大气磅礴，尽收眼底，尚善塔、永福塔融入浓浓的绿色水韵之中，成为宣威城市中心的点睛之笔。美奂公园是宣威市近年来的重点民心工程，是宣威市市民休闲娱乐的不二选择。宣威风景名胜很多，比较著名的还有：东山公园、宛水公园、来宾龙洞、庙山森林公园、大响水等。

“三月三，上东山。”东山风景区是云南省级风景名胜，每年农历三月初三，宣威人都从四乡八镇来赶庙会，庆祝祖师圣诞，积淀成了宣威百万人民的习俗，极富地方特色。东山顶有平地万顷，四周峰峦起伏，随季节变换，可观云海、旭日、冰凌、雪景等美丽的自然景观。山中有玉美人、倒撒金钱、赤霞屏、归鹤洞、碟大天、活佛洞、雨珠崖等天然景观。山中有一古刹名叫松鹤寺，始建于明初，是滇东北佛教文化重地。松鹤寺前临悬崖，后依碧峰，南北青山环抱，以大雄宝殿为主，沿中轴线建有中殿、前殿和照壁，祖师殿两侧建有斋房，中殿前面的左右两侧建有晨钟、暮鼓楼。“澄池常将云烟洗，老柏不惧雨雪磨。”寺内数亩古柏，遮天蔽日，大多为清乾隆年间所植。“巍然松鹤寺，突兀一古梅。”天王殿与知趣亭相连的小院有一株古梅，有人说它是南北朝时期的遗物，1500 多年了，品种为“红怀抱子”。这棵古梅树，堪称松鹤寺的“镇寺之宝”，千百年来，看惯了春花秋月，阅尽了人间沧桑。

“几弯河水引鱼跃，片片沧浪寄新景。”宛水公园在宣威城南端，因其玉立于弯弯曲曲绕城为流的西河之滨，故名宛水公园。公园四周垂柳环抑，红墙围绕，清波片片。绿树成荫的条条堤埂，把碧荡蓝天的湖水分成若干块片，堤埂上有一座座跨水而立的小桥，像深宫里洞开的园门一样，把各片湖泊连成一片。各片水域之中，有匠心巧凿的假山、亭台、鹤群、龙身等各类主题。堤岸上面，醉月楼、怀谷亭、乐芳亭、思源亭、观鱼亭……飞角盖翠，相互掩映，有着“凭高望远思悠哉，晚上江亭夜未回”的园林韵味。

荡舟其间，水明心旷，别有洞天。来宾龙洞又名龙凤洞，位于城北 30 余公里，龙凤洞中洞深 760 米，包括龙洞、凤洞和海子洞。漫步洞中，景随步移，一步一景，美不胜收。20 世纪 90 年代，考古工作者在龙洞内发现了古犀牛化石及部分陶片；凤洞以奇、险、怪为特点。海子洞尤为独特，洞内地势平坦、造型奇特、面积宽敞、适于行走，洞内有沙滩、暗河等，出口处与龙洞庙、龙洞、凤洞相连，下方有龙洞水库，群山环绕、曲折蜿蜒，周围生态状况良好，水道与海子洞相连。穿过龙洞，便见一村庄，村庄的名字就叫“桃源”。洞外青山绿水，洞内泉水叮咚，钟乳石洁白透明，形同蚌仙撑伞，貌似金蟾戏水，栩栩如生，惟妙惟肖。有一长约 15 米的石幔，似一帘飞瀑从天而降，有“疑是银河落九天”之壮观；而“仙树瑶台”胜似蓬莱仙境，凝神屏息，好像有仙乐声从远处飘来。

庙山森林公园位于宣威市城南 2 公里处，总面积 4001 亩，植有藏柏、柳杉、云南松等多种树木，远远望去，郁郁葱葱，俨然一道绿色屏障。大响水位于城西 5 公里，因两座山峦间有一清泉倒挂而下其响声如雷而得名。水落处有一石潭大约五六米，水经石潭小驻而悄悄溢出，轻轻向下流去，两岸青山，对峙如屏，山上林深草密，山花如火，兼有鸟鸣蝉叫，是人们踏青避暑的好去处。而山下的大响水山庄、启宛山庄，可歌可舞，为这一自然景观平添了许多情趣。

杜鹃花是宣威市的市花。宣威市中心耸立着一座巨大的杜鹃花雕塑，它体现了宣威人对杜鹃花的热爱。一到春天，漫山遍野，城里乡下，杜鹃花竞相绽放，争奇斗艳，展现了宣威人热情似火的性格和对生活的热爱。大绿山上的杜鹃花不同于别处，开在茫茫云海之中和高耸入云的风车脚下。大绿山的山峰一个连着一个，山上的杜鹃花迎风怒放，卓然旖旎、含情脉脉。春天的山，只能用生长和绽放来装饰。五月的天，天高云淡、行云流水、晴翠烟岚，满山坡的花，辽阔悠长，有的含苞待放、有的落英缤纷；有红的、粉红的、白的、紫的、黄的，熏染着阳光的芬芳，随风潜入你的鼻翼。放眼绿山，星星点点，成焰成霞，仿佛觉得这一树的花是专门为我而开，一朵朵，一树树，或是临水，或是依山，在山尖，山腰，山脚，欢欢喜喜地吹着喇叭。找一个山坡静静地坐下来，听一段流水的声音，品一场鸟类的欢聚，忆一些残红落花的美好诗句，好想自己也化成一朵杜鹃花，飘落在清澈的溪水上……

“宣威”之名，源于明洪武十五年（1382 年）明王朝南征军于今城中大令卡设的宣威关。意为宣播朝廷威德，以资震慑。宣威是中原文化与边疆文化融合得比较早的地区，红军长征两次经过宣威。这块红色的土地养育了周建平、徐文礼、徐文烈、浦在廷等将军，以及科学家张福学和外交家宴爱廷等乌蒙骄子。独特的文化思想酝酿了地道的文化资源，保留了祖先的遗迹，特别是这里的古迹与民俗，无疑是专家、学者、游客探奇寻古、考察求知的好去处。

尼珠河大峡谷位于云南省宣威市普立乡与贵州省水城县坪寨乡、都格镇交界处。大峡谷山势巍峨，河谷幽深，崇山峻岭，依岸对列，峰林怒拔，千岩竞秀，云腾雾绕，水流湍急，是探险的天堂，是观光的胜地。峡谷两岸悬崖峭壁上生存着国家二级保护动物猕猴、金雕。幽深秀丽的官寨沟、光怪陆离的溶洞、倒挂依壁的老树、色彩斑斓的悬崖峭壁、飞泻百米的雌雄双瀑成为尼珠河大峡谷中独有的景观。大峡谷中坐落着尼珠河自然村（海拔1100米），山村在高山断崖的映衬下，显得宁静安然，有一种世外桃源的感觉，村庄依山傍水，橘树成林，老农在田间地头忙碌，村旁靠山脚处有一棵要12个成年人才围得拢的菩提树，枝繁叶茂，洒下一地荫凉，成了村民们茶余饭后休闲娱乐的好地方，这是滇东北地区最恢弘、最秀美、最神奇的大峡谷，是徒步探险、生态观光、漂流攀岩最理想的旅游胜地，尼珠河以其独特的景致吸引着各地游客。

“日照虹霓似，天清风雨闻。灵山多秀色，空水共氤氲。”在尼珠河大峡谷北岸，数条溪流汇成三道绝美的瀑布从落差约500米的悬崖上以雷霆万钧之势，注入尼珠河，极为壮观。一条体态丰腴，形如贵妇；一条身段婀娜，似雾似线；一条飞花溅玉，玲珑剔透，在阳光的照射下晶莹透亮，远眺其如白练倒挂，悬空坠落。三条瀑布在这样的高度倾泻而下，实为一奇观。尼珠河下游的奇石谷绝对是旅游界意外的震撼，成千上万吨的巨石躺满一河，绵延数公里，每块石头或丑得千疮百孔，或美得千姿百态，在这里，大自然的鬼斧神工仿佛让人穿越到了女娲补天的远古蛮荒时代。在尼珠河峡谷内，生长着一棵千年菩提古树，堪称树王。树干粗壮有力，围抱10.5米；树枝非常繁茂，覆盖面积将近两亩；树根非常发达，凸出地面的板状根就有近1米高。它高大挺拔、郁郁葱葱，日复一日、年复一年地坚守在尼珠河畔，守望着奔腾不息的尼珠河水，无私地护佑着虔诚的尼珠河人，护佑着尼珠河的一花一草、一果一蔬，远道而来的游客，均要到树下一睹其芳容。

簸火梯田是喜欢田园风光、爱好徒步旅游及摄影者的最佳去处。簸火梯田位于云南省宣威市普立乡簸火村。这里景色秀丽、如诗如画，梯田整齐有序，线条丰富多姿。簸火梯田线条形状以曲线为主，具有一种动态美，尤其那些长长的曲线和波浪线，使人联想到这些梯田好像是天上飘落的彩带。

独特的地理环境造就了簸火梯田奇特的自然景观。日出时，红霞满天、云雾滚动、婆娑竹影，身临其境如入世外桃源；满坡的梯田，金灿灿、亮闪闪，好似一架架直上云霄的天梯，一派美不胜收的壮丽景象；日落时，山村、树林、牧童披上了金色的纱巾，千山万壑，如诗如画，让人赞不绝口。梯田一年四季景观各异：春来，油菜花开，如厚厚金毯铺满山；夏至，佳禾吐翠，似层层绿浪排苍穹；金秋，稻穗饱满，像座座金塔顶玉宇；隆冬，白雪皑皑，若环环白玉砌云端。梯田之魅力，更在于它并非自然奇观，而是农耕文明积淀千年的人文极品。

“普立石林”位于普立村西南面与宝山镇交界处的群山中。这里野花遍地，环境清幽，山鸟和鸣，一座座灵秀的小山头，相互牵连又相互独立。更为奇特的是在每座小山顶上，密集地分布着形态各异、高低不一的石柱、石门、石屏。每片小石林均有各自的不同特征，有的宽厚敦实，蹲踞山巅，冷眼看世间；有的疏朗娟秀，玲珑小巧，形态妩媚；还有的笔直挺拔，高大威猛，直刺苍穹……像天庭群仙，像古堡幽城，像远古怪兽……灌木与“石林”相互依存，相互守候，还有一些生命力极强的灌木从石缝中长出，极力向上伸展着枝叶，演绎一出美妙的“木石情缘”。

在普立境内，有着大小数十座奇诡、幽邃、凝固而又恢弘壮丽、色彩斑斓、扑朔迷离的地下水晶宫。洞顶的“水晶灯”

在手电的照耀下熠熠发光，洞内幽深莫测、曲折回环，钟乳石造型奇特、琳琅满目，宛如一座巨大的水晶宫。白色透明的碳酸钙结晶组成的奇景形象逼真、色彩纯净，石笋、石柱拔地而起，石幔、石帘倒挂如林，钟乳石星罗棋布，变化万千，有的像苍龙、有的像利剑，有的像狮子，有的像青花，有的像婴儿，有的本身就是一幅壁画。

“听了九十九个姑娘的歌声，还有一个姑娘在等待。见了九十九个美丽的寨子，还有一个寨子在等待。满山花儿在等待，美酒飘香在等待……”

山歌，是深藏在土地里的宝藏；山歌，是千年的飞来神树被风抚弄的奏响；山歌，是最接近鸟语的歌唱，是歌者心声最直接的表达。宣威市可渡河畔的杨柳镇，被誉为“中国山歌之乡”，一年一度的赛歌汇就在这里举行。山歌是古驿道旁的辘轳从水井里旋升上来的一桶一桶的原汁原味。把山歌蒸发的不是汗水，是八月桂花树下鼓荡的血液；把山歌飞扬起来的不是交响乐，是四月斜风细雨里的牧童横在牛背上的短笛；把山歌传承的不是文人，是日出而作日落而息、凿井而饮耕田而食的耕夫。山歌，大庭广众之下不吭一声，却在大山里激扬。即使被请进摇滚乐歌厅，山歌也只能躲进羞涩的角落，繁华的都市中找不到朴素的山歌。在充满泥土气息的田野，山歌咀嚼自己像脉管一样律动的河流；在发锈的犁铧掘不开历史板结的土地时，山歌找到了自己不需治疗的伤口。

“心约中国山歌之乡，共品千年古道之美。”马帮里粗犷的山歌是赶马人疲倦时的希望和精神动力。马帮驮着各种各样的物资，在崎岖的山路上踢踢踏踏地走过，一会儿成“之”字形，一会儿成“人”字形，远远望去，煞是威风。这些年，汽车驶进了这块贫瘠的土地，马帮也越来越少了，可乡亲们始终忘不了曾经相依为命的马匹，曾经风雨兼程的马帮。“古驿道上鞋崴破，小妹得闲做双来”的高亢，引来甜甜的“鞋子破了给妹说，连夜点灯连夜托。连夜点灯连夜做，不放情哥打赤脚”的回声。“桃花溪水出半岩，千里路上恋妹来。”赶马人的山歌，句句饱满的言辞，诠释着生活和爱的光芒。悠悠荡荡，荡荡悠悠，千年马帮的铃声是宣威人奋进的号角，千年马帮驮过宣威人的希望与失望，欢乐与忧伤。可渡河畔，赶马人唱着山歌，把外地的丝织品沿着古驿道运到边疆，又把宣威火腿沿着古驿道运出山外，远销东南亚。

宣威，中原文化和边疆文化交融的重要通道，一代又一代赶马的人唱着山歌，把宣威的历史驮向未来……

2020 年 4 月 29 日于上海

绿水青山带笑颜

——内蒙古敖汉旗木头营子乡生态发展纪实

敖汉旗木头营子乡位于敖汉旗东北部，科尔沁沙地南缘，距旗人民政府驻地新惠镇55公里。东与奈曼旗义隆永镇交界，西与黄羊洼镇相接，南与玛尼罕乡、牛古吐镇、下洼镇毗邻，北与长胜镇相连，京通铁路穿境。木头营子乡呈不规则的长方形，南北最长30公里，东西最长60公里，总面积578.07平方公里。地势南高北低，西高东低，大部分海拔在490米左右，土壤以沙壤土为主，其次有草甸土、黄土、褐土和沙土。气候条件为中温带大陆性季风气候，年平均气温在6.5~7摄氏度，年降水量210~350毫米，无霜期145天左右。全乡辖15个行政村，65个自然营子，总户数1.1万户，总人口3.34万人。全乡耕地面积28万亩，有林面积34.5万亩，人工草地面积7万亩，水域面积2.5万亩。

木头营子乡党委书记徐国东说："近年来，木头营子乡始终以党建为引领，以生态优先，绿色发展为导向，坚定不移实施'生态立乡、产业富乡、人文强乡、创新兴乡'发展战略，全面贯彻‘绿水青山就是金山银山’的发展理念，探索出一条高质量发展的新路子。”

生态立乡，转变发展思路

建设生态文明是中华民族永续发展的千年大计。必须树立和践行绿水青山就是金山银山的理念，坚持节约资源和保护环境的基本国策，像对待生命一样对待生态环境，统筹山水林田湖草系统治理，实行最严格的生态环境保护制度，形成绿色发展方式和生活方式，坚定走生产发展、生活富裕、生态良好的文明发展道路。“十三五”末期，木头营子全乡地区生产总值由“十二五”末期 6.43 亿元增加到 9.33 亿元；地方财政收入由 204 万元增加到 240 万元；全乡固定资产投资累计完成 6.6 亿元；农民人均纯收入由 10113 元增加到 13236 元。

木头营子，一个有树的地方。不知道从什么时候开始，是明清、民国或是之后，也不知道是什么原因，是战争、自然灾害还是人们无节制的滥伐垦荒，木头营子的树逐渐少了。于是,一场长时间的植树造林防风固沙守护家园的保卫战开始了。造林的地点也从最初的“四旁”（水旁、路旁、村旁、宅旁）到田野荒山，宜林地块，参加人员从民兵、青壮年劳力，到老人、妇女和学生，栽植方式从传统的埋干造林到新式的开沟造林……

木头营子乡坚持以植树种草保护生态为出发点，先后提出的“稳农抓牧，林草保住”“最大的优势在林草，最大的潜力在农牧”“生态立乡”等发展战略，经过近二十年不懈的植树种草，风沙制住了，环境改善了，森林覆盖率上来了。如今，木头营子乡防护林、用材林、薪炭林、经济林都有相当的规模；树的种类增多，常见乔木有杨树、榆树、柳树，灌木有沙棘、锦鸡、山竹子等，此外还有一定数量的特有品种如黄柳，珍稀树种特别是被作家哲夫称为奈曼怪柳的怪柳。

“十四五”时期将是木头营子乡实现后发先至的宝贵黄金期，生态立乡战略仍然贯穿于木头营子全局工作的方方面面。为此，该乡坚持创新、协调、绿色、开放、共享的发展理念，努力把木头营子打造成为山清水秀、功能完善和具有区域影响力的绿色名乡。经济发展模式也从单纯以农业为主的“1.0 版”跳过以工业为主的“2.0 版”（农业二产化），直接过渡到以绿色农牧业和生态休闲旅游为主的“3.0 版”（农业三产化），并向“互联网 +”和一二三产融合的“4.0 版”快速迈进（农业六次产业）。

木头营子乡党委副书记、政府乡长胥礼说：“近年来，通过各种方式扩大农业品牌的知名度和影响力，取得了良好效果。”为此，该乡在努力打造“肉羊之乡”“牧草之乡”“全国造林绿化百佳乡”的基础上，重点在规范认证、试点示范、展示展销、品牌传播、品牌研究等方面开展工作，争创内蒙古著名品牌。该乡还大力发展绿色、有机食品，通过“两品一标”认证，形成品牌优势，带动当地农业增效、农民增收。如今，该乡的生态农业和研学游、休闲游、康养体验游产业开始兴起，在全旗范围内率先实现绿色转型。

产业富乡，推动战略转型

木头营子乡党委书记徐国东说：“乡村振兴要在产业生态

化和生态产业化上下功夫。”产业生态化和生态产业化是经济高质量发展和生态环境高水平保护深度融合、协同推进的重要体现。木头营子乡紧紧依托资源环境和区位优势，坚持绿色发展，实现了经济结构转型升级，使之成为敖汉北部生态、人文、经济的新亮点。

农业结构调整优化。“十三五”期间，木头营子乡落实种植业“两压缩两增加”战略，葵花种植面积达到 3 万亩，谷子 5 万亩，杂粮杂豆 3 万亩，甜菜 1.2 万亩，青贮玉米及紫花苜蓿 3 万亩。落实养殖业“一减三增”战略，淘汰劣势小尾寒羊 5 万只，敖泊肉羊成为全旗推广品牌，建成 6 个改良站点，通过肉羊改良增加敖泊肉羊 5 万只。该乡还通过落实林产业“一减三增两改”战略，减少退化林 3 万亩，文冠果面积达到 0.5 万亩，樟子松达到 1 万亩，水果经济林达到 0.5 万亩。全乡耕地面积 28 万亩，粮食常年生产能力 2.25 亿斤以上。

工业经济起步提升。尤其是光电产业逐步壮大。薪火新能源 100 兆瓦光伏发电项目已于 2018 年并网发电，累计发电 4.5 亿千瓦时，产生直接经济效益 3.3 亿元；壮大村级集体经济分布式光伏发电项目于 2019 年建成并投入使用，累计发电 200 万千瓦时，产生直接经济效益 67 万元。

发展特色种养业。该乡积极落实市委、市政府“三增三优”和旗委、旗政府“三大产业”战略，打造全乡高质量发展的“多面体”。种植业方面：调整种植结构，向品牌化、精品化要效益。以岗岗营子村、乌兰胡同村、新窝铺村、前井村、老西店村为重点，打造谷子种植基地，重点培育“热心谷”品牌。发挥青山村设施农业示范作用，带动木头营子等村转变发展方式，发展现代农业，到 2025 年，全乡设施农业达到 1 万亩。该乡还依托牛羊大乡的现实优势，大力发展种草养畜产业，走“以农养牧、以牧促农”的可持续发展良性互补之路，仅2021年，全乡沙打旺和紫花苜蓿种植面积达两万亩，种子年产量在50万斤以上，牧草保有面积始终居于全旗首位。

养殖业方面。主要在扩大规模、增加科技含量上下功夫，打造份子地村、染坊村、沙根村肉牛养殖示范村，推动形成长林线沿线肉牛产业经济带，到2025年，全乡存栏肉牛达到3万头。打造乌兰勿苏村、岗岗营子村、木头营子村肉羊纯繁示范基地和东湾子村、平合村肉羊育肥示范基地，推动形成三前线沿线肉羊产业经济带，到2025年，全乡存栏肉羊达到18万只。持续加大牛、羊改良工作力度，引进优质种公羊，促进肉羊产业提档升级。做强特色产业，依托桂柳集团，充分利用壮大村集体经济等项目资金，以东湾子村为示范点发展肉鸭养殖，以青山村、木头营子村、新窝铺村、沙根村为示范点发展种鸭养殖，到2025年，全乡存栏种鸭达到50万羽，年出栏肉鸭50万羽。

木头营子乡产业生态化和生态产业化取得了丰硕的成果。截至2021年底，该乡在旗委、旗政府的坚强领导下，全力攻坚克难、团结协作，较好地完成了各项工作任务。全乡地区生产总值9.5亿元，同比增长3.2%；地方财政收入245万元，同比增长2%；500万元以上固定资产投资7010万元；牛、羊、驴等家畜存栏量10.7万头（只），出栏19万头（只）；肉/种鸭存栏量25万只；粮食总产量稳定在1.3亿斤以上；农牧民人均纯收入达到13236元；各村壮大集体经济年收入均在15万元以上。

人文强乡，打造宜居乡镇

小河西文化是唯一的以木头营子乡地名命名的文化遗址，因遗址首次发现于内蒙古赤峰市敖汉旗木头营子乡小河西而得名，距今 10000 年至 8500 年左右，是迄今发现的最早的东北地区新石器时代考古文化。在调查和发掘小河西文化中，发现有大量的陶器、石器和骨器，这些与渔猎采集有关的生产工具表明，小河西文化的经济形态当以渔猎、畜牧、采集为主，也表明，此时的木头营子地区，是有水有树的地方。自先秦至清，木头营子一带均有人类居住，或游牧或农耕。16 世纪，使蒙古敖汉部鼎盛发展的成吉思汗嫡孙岱青杜棱，所率铁骑，曾以鼎足山附近的木头营子地区和孟克河流域为其主要活动中心。清崇德元年（1636 年），娶了皇太极亲生公主的蒙古部长班弟，被清帝皇太极封为扎萨克多罗郡王，在今木头营子乡政府东的固尔班图勒噶山（鼎足山）下建造了敖汉旗扎萨克多罗郡王府，是为蒙古敖汉部首府，敖汉旗正式建立。此后多年，公主与郡王及其后人在此生活，亦足见这里是有山、有水、有草、有树的风水宝地。

多年来，木头营子乡紧紧抓住全旗建设史前文化研学游基地和打造文化名旗的有利契机，将木头营子乡打造成全旗北部新兴的生态人文研学游目的地，使“人文相宜”成为木头营子的新名片。

推进全域旅游，打造生态人文强乡。木头营子乡充分发掘生态、人文、自然等优势资源，培育特色产业，推动资源整合和深度开发，每年推出一个主题，包装一个研学游项目。力争到 2025 年，建成各类主题农庄或精品民宿 15 家，年旅游接待人数突破10万人次、年旅游收入突破5000万元，使生态人文研学游产业跃居全旗前列。该乡还发展以“一址、一府、一草、一树、一库、一园、一沙”为重点的生态人文研学游产业。一址：即小河西文化遗址；一府：即扎萨克王府和弘慈寺；一草：“敖汉苜蓿”“牧草之乡”品牌盛誉；一树：即乡域内100年树龄以上的11棵古榆树；一库：即青山水库和乌兰勿苏水库；一园：即桂柳种鸭养殖产业园、青山设施农业产业园、木头营子万亩产业示范园等田园综合体；一沙：即万发永等村的沙地资源。

木头营子乡在重点发展生态人文研学游的基础上，还适度开发养生康养体验游，使两座水库、田园综合体等生态养生资源实现点面结合，定期不定期举办系列旅游文化节活动。该乡还依托山水资源、以农耕文化为魂、美丽田园为韵、古朴村落为形，打造“一村一品”，建设乡土气息浓郁、宜居宜业的新家园。

乡村振兴，既要“塑形”，也要“铸魂”。近年来，木头营子乡不断加强精神文明建设，加快补齐乡村公共文化设施建设短板的同时，还按照人人参与、人人尽力、人人享有的要求，加强义务教育、就业服务、社会保障、基本医疗和公共卫生、公共文化、环境保护等基本公共服务供给，创新公共服务供给方式，努力实现均衡覆盖，不断增进民生福祉，提高群众的获得感、幸福感和安全感。与此同时，该乡还以完善功能为导向，加快推进木头营子、新窝铺、岗岗营子三大集聚区建设，优先促进偏远村庄居民向木头营子和新窝铺两个集镇集聚，适度引导农业转移人口向县城、集镇和中心村集聚，努力形成基础设施完备、商贸活跃、就业充分、生活便捷、生态宜居的现代化乡镇。

创新兴乡，实现跨越发展

木头营子乡党委副书记、政府乡长胥礼说：“创新是实现农业农村现代化的根本动力。”近年来，木头营子乡紧紧围绕产业发展的关键环节和乡村建设重点领域，加大体制机制改革力度，营造全民创新创业的氛围，充分发挥市场配置资源的决定性作用，用好政府行政手段，为高质量发展提供持久动力。

加快“双创”平台建设。该乡建立创业创新平台，整合信息资源，增强专业化、网络化服务，增强创业创新信息透明度。扩展“双创”平台工作形式和内容，邀请行业专家学者及企业人才，定期来乡开展各类公益讲座、创业论坛、创业培训等活动，积极创办乡村创业创新大赛。重点对初创企业进行普惠式、引领式扶持。积极盘活闲置资源，为创业者提供低成本办公场所和居住条件，打通“双创”政策落地的“最后一公里”。该乡还通过紧抓“双创”战略机遇，加快引进、培养发展急需的生态人文研学游、休闲游、养生康养体验游产业管理人才、商贸物流业人才、农家乐或特色农庄经营人才、生态建设和环境保护人才、电子商务人才、村乡规划与建设人才等多种实用型人才。

创新农业发展方式。该乡在已有的农业基础上，把现代农业同生态休闲旅游结合起来，以赤峰通辽、京津冀、辽西北地区城市居民为主要目标市场，重点在交通便捷、土地较为平整区域培育创意农业项目。积极争取上级资金，探索市场化运作机制，调动社会力量发展现代农业的积极性，吸引社会资本投入，形成政府引导、市场化运作、多元化投入的机制。尝试引进“市民农园”等模式，依靠互联网平台，使新型农业经营主体和城市居民建立合作关系，城市消费者通过在线“购种”土地、挑选农民合作伙伴、指定种植方式、远程打理土地、安排农业生产活动等，共同参与农业投资、生产、管理和营销等各环节，使两者结成紧密的利益共同体，实现农业领域的多赢局面。

培育农业经营主体。该乡坚持以家庭经营为基础，细化社会分工，积极培育适度规模的种养大户、家庭农场、农民合作社和经营性农业服务组织，鼓励专业合作社向综合合作社发展，积极引进社会责任感强的农业产业化龙头企业，支持新型农业经营主体的引领示范作用。在发挥农业技术推广部门公益性服务作用的基础上，鼓励新型农业经营主体，为农户提供覆盖全程、高效便利的社会化服务，特别是代耕代种代收、土地托管等专业化规模化服务。支持新型农业经营主体兴建生产服务设施、原料生产基地、扩大生产规模、推进技术改造升级等。引导有志投身现代农业建设的农村青年、返乡农民工、农技推广人员、农村大中专毕业生和退役军人等加入新型职业农民队伍。

木头营子乡在以点带面，龙头引领等方面成效显著。内蒙古鑫双合农业发展有限公司是该乡 2021 年招商引资项目，公司以肉牛养殖为主，占地面积 98 亩，现已完成投资 1050 万元，建设标准化牛舍 8000 平方米、草料库 1000 平方米、青储窖 2260 立方米、各类用房 16800 平方米。该项目的实施，进一步增强了该乡肉牛规模化养殖的示范带动作用。

踔厉奋发，建设美丽家园

理想信念如一座灯塔，回望百年奋斗路，我们党之所以能经受一次又一次挫折磨难而“凤凰涅槃，浴火重生”，始终生机勃勃、风华正茂，无往而不胜，归根结底就是因为有远大理想和坚定信念。一代代党员干部用坚守一线、干在基层的实际行动践行着爱党报国、忠于人民的铮铮誓言。

“不谋全局者，不足以谋一域。”2022 年是党的二十大召开之年，是“十四五”规划全面实施之年。在新的历史时期，如何探索出一条体现新发展理念、符合木头营子实际的高质量发展新路子，对于巩固脱贫攻坚和全面小康社会成果，推动全乡高质量发展，具有重大现实意义和深远历史意义。

首先，明确区块功能定位。立足岗岗营子地处全乡中部位置，实施木头营子向东、新窝铺向西带动发展战略，带动岗岗营子农畜产品加工、商贸物流加快发展。按照“一核两心两轴”的乡域布局，以高效便捷为导向，加快交通基础设施建设，从“村村通”向“路路好”转变，建设“快速木头营子”，以发展全域旅游为导向，建设“慢速木头营子”，形成驾车、骑行、徒步皆宜，一日游、周末游和度假游均可的乡域交通格局。

第二，立足乡域基础现状，有效发挥资源和区位比较优势，强化政府所在地在全乡的核心地位，巩固木头营子、新窝铺东西两个新型商贸基础，构筑东西两个水源涵养地生态屏障，依托各层级交通网络的不断推进，努力形成“一核两心两轴”的发展格局。

“一核两心两轴”的具体内容为：“一核”：即木头营

子政府所在地，将木头营子政府所在地和周边相关村庄打造成为城镇发展核心区，作为全乡政治、经济、文化中心，也是承接乡域人口转移的生态宜居集聚区。“两心”：即新窝铺和岗岗营子两大乡域副中心。新窝铺是木头营子乡东北部重要节点，岗岗营子是木头营子乡中部重要节点，两地集市规模和商业基础良好，是未来全乡商贸业集聚发展节点。“两心”与“一核”遥相呼应，共同构成木头营子“十四五”时期三大建设焦点。两轴：即以木头营子至新窝铺一线、木头营子至岗岗营子一线为主要节点，向东西南北延伸形成全乡产业发展主轴，以京通铁路和万白线两两交错延伸形成生态人文研学游景观轴。

“只争朝夕，不负韶华。”2022 年，木头营子乡根据本乡实际情况确定了“依托长林线肉牛产业经济带，做‘大’牛产业；依托万白线肉羊产业经济带，做‘优’羊产业；依托青山村设施农业示范基地和东湾子村肉鸭养殖基地等，做‘精’特色设施农畜产业；打造小米产业带，突出敖汉小米品牌，做‘强’米产业；以木头营子村 3000 亩紫花苜蓿种源保护基地做‘响’草产业；以新窝铺村千亩蔬菜基地为引领做‘实’菜产业；以 2000 亩退化林分改造为契机，做‘活’林产业；依托青山水库、乌兰勿苏水库为生态资源，做‘靓’乡村旅游产业”的发展思路，让群众的“钱袋子”鼓起来，日子越过越红火……

“绿水青山带笑颜，红桃素李罗堂前。”在谈到学习党的二十大报告的感受时，木头营子乡党委书记徐国东慷慨激昂道：“党的二十大报告就是一面旗帜，也是一只号角，我们一定要深入学习贯彻习近平生态文明思想，踔厉奋发，团结奋进，将生态文明建设摆在全局工作的突出地位，全面加强生态环境修复，为把木头营子建设成全市生态宜居的美丽乡镇而努力奋斗！”

2022 年 11 月 26 日于上海

我和东涌有个约定

“妹啊好呢，呀歌不分冬夏与春秋，一年到头驶船在沙洲，左逅右逅呢好比浮莲无根随浪走呢，好妹哩呀啰……”“你是钓鱼仔定是钓鱼郎啰喃，我问你手执鱼丝咧有几多长哎……”倘若东涌小镇是一首隽永的小词，《咸水歌》就是这首小词的上阙。

《咸水歌》是疍家人的“流行歌曲”，也是疍家人的《诗经》。咸水歌源于疍家人生活、劳作，是疍家人生活的重要组成部分，是疍家文化的重要标志。咸水歌是水乡人长年累月观海听涛的情愫集结，他们经年摇动桨橹，抗击苦雨凄风，把生活摇出了彩霞满天。咸水歌题材极其广泛，无论是谈情说爱，还是婚丧嫁娶；无论是白天黑夜，都可以唱。甚至一唱就是几天几夜，田间、基围、河堤、划艇、树下，到处是歌台。一群群、一对对耕仔耕女、钓鱼仔水草妹，不管春夏秋冬、风吹日晒，只要兴趣一来，就可以大展歌喉。咸水歌是大沙田浪漫的旗幡，咸水歌是疍家人深蕴的古老的梦。咸水歌是一封炽热的情书，像极了河涌里一只只来回穿梭的艇儿，从晨曦到星夜，摩肩接踵，互相牵挂，呼唤着好哥哥好妹妹。在他们人生的大海里，家曾是船舱里夜半的鼾声，家曾是咿呀的橹声，家就是一首隽永的咸水歌……

桨橹欸乃，水声沥沥。800 多年，一代代东涌人濒海而生，随兴而歌。宽大的“大襟衫”，精致的绣花“包头”，挂在孩童身上的救生“葫芦”，船头相对，唱咸水歌对歌消遣……这些活动成为疍家文化的重要元素。

疍家服饰有它独特的个性和文化内涵，是疍家文化中的特色标识，具有较高的文化价值。东涌原生态的疍家服饰与旧时唐装相似但别具风情,疍家原始的衣着源自蓝天与大海的图腾，以蓝色为基调。男女都穿着短、宽、窄袖的上衫，穿短裤子及于足踝之上。不论四季，头戴既可遮阳又可挡雨的海笠。疍家妇女喜爱留长发，姑娘们把头发结成不容易散开的三绞辫，发梢上缀着红绒，休闲时让长辫摇晃垂及腰际。结在头上的九牙津头布，海上疍家妇女的重要标识。所谓九牙津头布就是 2.5 尺 ×2.5 尺的黑色方布，四边是用红蓝绿等各种颜色丝线绣成的小斜三角，三色九牙，手工精细，颜色错落有致。披戴津头布是有讲究的，要先对角折成三角形，仔细地在头上围成拱形，边角往里掖。既防风防寒，又透出一种神秘之美。

“以舟为家，以渔为生。”一条船既是疍家人一家老小的居所，也是他们赖以生存的生产工具。疍家人长年漂泊在海上，主要食物就是河（海）鲜了，因此最具疍家特色又最为大众接受的就是“艇仔粥”“煲仔饭”了。这也充分展现了疍家人对海鲜的独特见解和充分利用海洋的智慧。“煲”类在疍家传统美食中占据了很大的比例，像“鱼煲”“咸鱼茄子煲”等都是疍家名菜。疍家饮食文化凸显其原味和纯朴不花哨的独特风格。疍家人的烹调灶具和调料很简单，于是练就一身原味烹调的过硬本领。做鱼虾海鲜时通常用最简便的方法，只用油和盐，就能够做出美味的河鲜。疍家人上岸以后，还常在河涌捞捕鱼虾、蚬蚧佐膳。他们在棚寮前后放养鸡、鸭、鹅等，在自留地上种植的瓜、菜、薯类，制作出燎蒸鹅、别茨焖鹅、清蒸蚬鸭、田螺焖鸭、铜盆蒸大骟鸡等特色农家菜，以及疍家糕、九层粉、薄撑、芋头糕、炒田螺等各类沙田小食。

“一叶破舟栖五口，日泊田头夜漂流。”清雍正七年（1729年）世宗胤禛才“准其在近水村庄居住”。皇帝虽然表态，但土地所有权都在地主、豪绅手里，谁也不敢在别人的土地上建造永久性房屋，疍民只好在墩边堤畔，或半跨河涌搭寮栖身，每间寮占面积大约10多平方米，以杉作柱，以竹作椽，以稻草或甘蔗壳为上盖，以稻草敷上泥浆作墙，能用上杉皮便算上好材料。20世纪60年代初期，人民政府提倡茅寮砖屋化，经过多年的改造，才逐渐改变沙田的居住条件。东涌属洲岛型沙田平原，河涌纵横，交通往来及客货运输主要依靠水路。丈二艇仔、街艇、横水渡，成为沙田水乡人主要的代步工具。

艇，曾是疍家唯一的家园，凡是河流小溪之处都可以见到疍民的踪迹。一条竹篷渔船，就是疍家的图腾和所有，那里有属于他们的河流与海洋，那里有他们梦里的田园和他们的哲学和药方。

水上婚礼是东涌小镇的特色之一。男方划着船来迎亲，女方梳着滑髻，穿着裙摆绣有五彩垂线的黑裙。疍家的婚礼离不开一个唱字，姑娘出嫁前要在众姐妹的陪伴下“叹家姐”，迎亲的时候众姐妹也要轮番唱歌，表达祝愿、劝世和别情等。新娘在众女伴的簇拥下登艇，一路歌声四起，鞭炮齐鸣，看新娘的人站满桥头岸边，仿如看戏，十分热闹。疍家人摆酒，客来不分先后，凑足6人或8人便开一席，在堤边寮畔，或蹲或坐，无拘无束地恣意饮啖，肴馔食尽，可到厨房再取。亲家、舅父、姑父等老一辈亲属赴宴，艇到涌口停泊，待新郎派人催请，始拔篙划桨，近前丈许，再行停下，如是三次，名为“三催三请”，然后才抵达新郎家。“珠江河水泛金波，海浪谱成幸福歌。”迎亲的婚船摇啊摇，走过沙鼻梁河涌，将河水摇成新郎新娘幸福的涟漪。榕树婆娑，一缕一缕的榕须随风摆动，生动了一挂挂爱情的华章。

水是水乡的永恒主题。水中绿道，宛若水乡最美的一颗明珠。水上绿道依托东涌特有的河涌资源，濠涌、沙鼻梁涌、三稔涌。三条河涌主干道上，游客可沿途欣赏村落、流水、石桥、古榕。

大稔村的瓜果长廊在广州是独一无二的。东涌长廊全长约1.5公里，长廊向北绵延两公里，上方覆有各种瓜果的枝条编成的顶棚，每50米就换一种瓜果。瓜果当头，遮阴挡风，别有一番风味。每逢二月左右，长廊边的桑格花盛放，又成了一片花海。瓜果长廊的尽头是垂下来的锦屏藤，给人一种非常华丽的感觉。从瓜果长廊到三稔涌和沙鼻梁涌驿站的途中，会看到整片的农地，有甘蔗林、香蕉林、玉米林等，村民们在地里劳作。湿地公园种植了10000多株水生植物，游客可以欣赏湖边的美丽景色，园内设有古农具展示区。抚摸着舂砧、石磨、石碾、水车，穿越时光的隧道，回到遥远的洪荒年代。古老的水车吱吱呀呀唱着情歌，把月光和流水汲到日子的高处。

宋朝大文豪苏东坡有两句诗：“云霾浪打人迹绝，时有沙户祈春蚕。”描写的是耕种沙田农民的生活，说的是农民向水夺田的方式。一把铲面只有一半的铲锹，铭记下了东涌历代民众围海造田、造福子孙的日子。没有铲锹的年月，发现这片无人居住海滩的东涌先民，用手挖、用树撬，围筑出了东涌河涌纵横交错的模样，围筑出了东涌后代的希望。有了铲锹的年月，对这片发展充满希望的东涌人，用铲锹铲、用锄头挖，铲挖出了东涌稻田鱼塘分布的格局，铲挖出了东涌经济发展的新篇章。在铲锹作为劳动工具的年月，开展多种经营的东涌人，用铲锹铲、用推土机推，种出了一片片的水果林，种出了一年四季不重复的瓜果香。时光飞逝，虽然铲锹被收藏进了东涌农耕渔猎馆，但铲锹精神还在传承。

“江行水宿寄此生，摇橹唱歌桨过滘。”鲈肥鲤壮，围炉浅酌；耳畔有歌，心灵有约。伴着绵长的歌声，一叶扁舟缓缓地从远处驶来，身后迤逦着一缕波痕。船上两名女子，头戴“虾姑帽”，一人撑篙，一人撒网。在汩汩的流水和风吹草丛的细语声中，歌声像看不见的足尖，在水面上轻盈点出一圈又一圈涟漪，又一漾一漾地荡开……

晋里神游聚寿山

聚寿山，中国著名作家刘志成笔下的“太行明珠”。聚寿山，凝日月之精华，蕴自然之神工，攫太行之雄秀，汇诸山之大美。聚寿山，地列豫冀晋三省通衢之宝境，虎踞晋南屏翰之巅岭。从山西晋城出发，沿晋济高速公路驱车行驶，约10分钟便进入泽州县晋庙铺境内，然后顺着203国道再行15分钟，一块雕刻着“聚寿山”的巨石便映入你的眼帘。

站在聚寿山北部山梁环顾四周，自然美景，动人心魄，尽收眼底。山连着山，峰扣着峰，山山神奇，峰峰领秀。象山、龟山、蛇山、官帽山、寿桃山、卧佛山，惟妙惟肖，形象生动。小砦峰、大砦峰、丑女崖、寿山、南山、乳石、山崖耸立，各展风姿。北望，岭岭相接，梯田层层。四周梯田如链似带，把一座座山岭从脚到头环绕起来，行云流水，潇洒柔畅，蜿蜒如春螺，披岚似云塔。南瞰，峡谷深深，秀美飘逸。美丽的游龙谷，林木丛茂，山崖突兀，溪水潺潺，小路幽幽，鸟语隐隐。东观，山峦起伏，磅礴壮观。那气势恢弘、高耸入云的山峰蜿蜒起伏，宛若大海的波涛一样通向远方。视线西移，一座宛若大象的山岭傲然而立，象身、象头、象鼻，形象逼真。古代行家踏破铁鞋寻找的“太平有象”图案，竟然神奇般地出现在这里。“大象”的鼻子上挂着一个村庄叫范谷坨村，范谷坨村是聚寿山的核心景区。

置身聚寿山中，与山默默对峙，端详着水的娇姿，探询石的故事，倾听鸟的歌唱，揣摩树的心事，感受山水的浓厚与伟岸、深沉与旷达，自己恍惚间也成了大自然的一部分，心底不由生出一种神奇和豪壮的情感。

《诗经·小雅·天保》：“如月之恒，如日之升。如南山之寿，不骞不崩。”聚寿山的名字，既体现着一个地方地形地貌、气候物态的特征，又蕴含着极为深刻的历史记忆和文化内涵。游龙谷的北岸，屹立着龟山和蛇山。龟山由西向东，呈爬行状，龟背耸起，龟颈狭长，龟头伸向河谷。蛇山由东向西，摇首摆尾，延绵数里，蛇头也伸向河谷。两山相对，相映成趣。在两山交汇处龟山的“龟头”与蛇山的“蛇头”几乎碰到一起，构成奇特的“龟蛇相衔”之景象。龟、蛇一向被中国民间视为长寿之物，民间素有“寿龟灵蛇”与“千年灵蛇万年龟”之说。相传聚寿山也是真武大帝练功的地方。真武大帝原称玄武，简称玄帝，亦称元帝。玄武最初是星辰神，为“四象”之一。《楚辞·远游》补注云：“玄武，谓龟蛇。位在北方，故曰玄。身有鳞甲，故曰武。”这便是“玄武”名称的来历。元帝练功，需有龟、蛇相助，聚寿山恰恰就有龟蛇。有了龟，玄武练功时才能功力大进，变化万千；有了蛇，玄武的宝剑方能风卷云舒，出神入化。玄武交战时，其剑可长可短，亦可喷云吐雾，只因他是灵蛇所变。聚寿山在当地人们的心中是神圣的，它不仅给人的是眼福，而且是山里人的生存之本。

水乃生命之源。水与寿密切相关，养生与水密不可分。清澈的溪水是聚寿山的灵魂。在水色山光的峡谷中漫步，谷中树木成林、鸟鸣声声、灵泉喷涌，溪水潺潺，如入仙境，令人神清气爽，心旷神怡。

聚寿山一带的范谷坨、大池头、瓦窑、龙道掌、韩家庄等村，都是建在有山泉的地方。这里水环山绕，青山秀美、溪流多姿、泉水丰富，是一块难得的宝地。夏秋之季，步入游龙谷，只见泉水从岩洞与沙砾中涌出之后，汇聚成溪，在地表静静地流淌。它是那么清澈，又是那么亲切。掬一把饮入口中，清洌甘甜。河边水草丰美，柳枝摇曳，山花芳菲，让人陶醉。在古代，这里的山泉水源充足，流量大，且以出水奇特而著称。有的泉水从山腰的石缝中喷涌而出，顺山崖而泻，喷珠洒玉，形成白练；有的泉水自山脚下的石洞喷涌而出，远看像白雪皑皑的山岭，近看似亿万明珠抛撒蓝天；有的飞泉沿山崖而下，用瀑布将下边的石洞封锁，形成奇特的水帘洞；有的泉水从河床冒出，出水时带着沙砾有节奏地跳跃，水珠飞溅，十分壮观。由于近年来地下水位下降，这道亮丽的风景已经消失，只有在多雨的季节才可一睹游龙谷泉水的美丽风姿。

聚寿山上有个养生池，养生池水清如镜，碧波荡漾。站在池边，心境随之清静，思绪随之澄明。站在池边，任柔柔的山风把头发吹乱，任翻腾的云雾把衣裳打湿，任原始古朴的迷人画卷撞入眼里，走进心里。

聚寿山神似布达拉宫，大宝积塔是聚寿山的点睛之笔。宝积塔巍峨壮观，像巨人一样屹立在太行山上。从塔的建筑规模、形制和雕塑技艺等方面来看，都可以说是精妙绝伦。大宝积塔的塔名，来自《大宝积经》。宝积，即“集积法宝”之意。因其为大乘深妙之法，故谓之“宝”；聚集无量之法门，故谓之“积”。大宝积塔造像采用景泰蓝工艺精制而成，其造型典雅优美，外观晶莹润泽，纹样繁缛，色彩富丽。登临绝顶，极目远眺，群山起伏，宛如大海波涛。低头俯视，聚寿山下高低不一的树木以及精心装扮的梯田，又构成了一幅浓淡相间的画卷。

聚寿山书院是聚寿景区内建筑面积最大的景点。书院单体建筑8层，建筑总高33米，建筑面积11701.8平方米。聚寿山书院与寿宝阁、大宝积塔组成景区内最大的建筑群落，恢弘壮观，气势非凡。这一群落，被称为“九五”建筑单元，乃核心景区的主体建筑。其结构“明十暗九，五组单元”，暗喻九五之尊，读书为上。书院在钱逊院长的影响下，一些著名专家、学者纷纷前来。如今，聚寿山书院已成为国内一批著名大学的实践基地，如清华大学道德与宗教研究院的研究基地、国学研究院的国学基地，首都师范大学的教学基地，中国人民大学、上海同济大学、广东中山大学的学术活动基地等。书院环境幽雅，功能齐全。从大厅到顶层，都充满着浓厚的文化氛围。其中，不乏古今名家书画，如爱新觉罗·启骧书作“崇德尚智正中和”，王大川的书作“政声韩史部，经义董江都”，梁新颖的书作“新荷迎夏雨，古寺沐春风”，尹佃法师的书作“道德千古事，文章六经来”以及马云峰的《布袋和尚》等画作。

舟山慈航，一个有诗意的名字，一个倍感启迪的名字。站在饱经沧桑的千年桧柏树下，峡谷中舟山慈航就像契诃夫笔下的樱桃园，又像《圣经》中的伊甸园。普陀别院坐落在舟山慈航的东南，游龙谷的西侧，别院坐南朝北，高34.6米，建筑面积5942平方米。普陀别院台基低矮，斗拱雄大，出檐深远，重檐歇山顶。别院的高处，悬挂着中国佛教协会原会长、现名誉会长传印长老书写的“普陀别院”匾额。正门柱上有传印长老题写的楹联：“寻声救苦周遍尘刹一月普映一切水；赴感应机法身常住一切水月一月摄。”普陀别院中的七十二观音泥塑，为我国佛教寺院中独有，海外亦无二例。七十二观音，千姿百态，金碧辉煌，构成了一幅犹如孔雀开屏的绚丽画面。每年二月十九观音生日、六月十九观音成道日、九月十九观音出家日，聚寿山各寺僧众，都要举行隆重的观音法会。若逢九月十九这一天，人们除了朝拜观音以外，还要来观景。因为这个时期，红叶满山的景色煞是迷人。

“江山无限景，都聚一亭中。”亭，是我国一种极具民族特色的建筑样式。聚寿山核心景区的外层是六亭园林：昊天亭、际地亭、揽月亭、舜日亭、厚泽亭、春晖亭。揽月亭居于核心景区之东南，紧靠峻峭的山壁，飞檐凌空挑出，显得分外醒目。揽月亭高耸于南山之巅，是理想的赏月之地。舜日亭居于景区之西南，形态别致，具有江南亭台特色的木构三角亭。“舜日”之名，来自于成语“尧天舜日”，比喻天下太平。厚泽亭位于核心景区之南，是由两个相同几何形状组合成的复合式木构方胜亭，亦称兄弟亭。“厚泽”之名，来自于成语“深仁厚泽”，谓深厚的仁爱和恩惠。春晖亭居于核心景区之南，为简单大方的木质方亭，取自孟郊《游子吟》中的“谁言寸草心，报得三春晖。”昊天亭居于核心景区之东北，为圆亭。释义：苍天。昊，元气博大之貌。际地亭居于核心景区之北，为美丽的八角亭。六亭除了歇憩、游赏等实用功能，又与其他建筑遥相呼应，亭台掩映，蔚为壮观。

聚寿山东北5000米处的老翁山上有座女娲庙，庙内的圣母圣翁殿塑有女娲和伏羲的神像。从距离聚寿山景区仅3000米的天井关南下中原，古代有两条通道，其中一条就经过范谷坨村抵达大隘口，到达河南。这里曾是帝王出巡的官道，秦始皇、汉高祖、汉明帝、汉章帝、北魏明元帝、太武帝、献文帝、孝文帝、隋炀帝、唐玄宗、周世宗、宋高祖……一代一代帝王从这里策马而行，曾经让曹孟德仰天长叹，李隆基引吭高歌。这里是千军万马交锋的战场,历代在此发生的战事不下数百起，曾经牵动着刘秀的心弦，磨炼过赵匡胤的意志。这里曾经是驼铃不绝的商路，这里曾经是文人墨客访古探幽的圣地，曾经安扎过李白醉酒的帐篷，白居易几度过往的身影。在悠久的历史长河中，许许多多著名人物曾在这里指点江山、激扬文字，或运筹帷幄，叱咤风云；或金戈铁马，威震寰宇；或折戟沉沙，饮恨九泉；或会友览胜，吟诗赋词。

数千年的历史岁月，在这里留下了深厚的文化积淀，灿若星河，俯拾皆是。

太行山路，羊肠古道，坡陡路滑，曹操曾在这里留下了千古绝唱《苦寒行》：

北上太行山，艰哉何巍巍！羊肠坂诘屈，车轮为之摧。
树木何萧瑟！北风声正悲。熊罴对我蹲，虎豹夹路啼。
溪谷少人民，雪落何霏霏！延颈长叹息，远行多所怀。
我心何怫郁？思欲一东归。水深桥梁绝，中路正徘徊。
迷惑失故路，薄暮无宿栖。行行日已远，人马同时饥。
担囊行取薪，斧冰持作糜。悲彼东山诗，悠悠使我哀。

唐朝李隆基当上皇帝之后，忘不了这条路以及这里的民众，故地重游，感慨万千，留下了《早登太行山中言志》：

清跸度河阳，凝笳上太行。火龙明鸟道，铁骑绕羊肠。
白雾埋阴壑，丹霞助晓光。涧泉含宿冻，山木带余霜。
野老茅为屋，樵人薜作裳。宣风问耆艾，敦俗劝耕桑。
凉德惭先哲，徽猷慕昔皇。不因今展义，何以冒垂堂。

神奇的大山，吸引着一代代诗人。著名诗人杜甫、白居易、陈子昂、苏颋、张九龄、张嘉贞、王维、李贺、杜牧、祖咏等先后来到晋城，留下了不朽的诗作。酷爱游山玩水的李白，自然也不例外。唐天宝十五年（756 年），李白携妻带儿在太行大山中避难，悲愤地写下了《北上行》：

北上何所苦，北上缘太行。磴道盘且峻，巉岩凌穹苍。
马足蹶侧石，车轮摧高冈。沙尘接幽州，烽火连朔方。
杀气毒剑戟，严风裂衣裳。奔鲸夹黄河，凿齿屯洛阳。
前行无归日，返顾思旧乡。惨戚冰雪里，悲号绝中肠。
尺布不掩体，皮肤剧枯桑。汲水涧谷阻，采薪陇坂长。
猛虎又掉尾，磨牙皓秋霜。草木不可餐，饥饮零露浆。
叹此北上苦，停骖为之伤。何日王道平，开颜睹天光。

聚寿山上的历史掌故及历史人物也有很多。在游龙谷中，有一小砦峰，峰的半腰有一洞，名曰“仙丹洞”。相传铁拐李当年在这里炼丹。铁拐李，姓李名玄，传说中的八仙之首。李玄从小聪明过人，学习勤奋，无奈考场腐败，多次名落孙山，从此染上酒瘾。一日回家的途中，他拿着酒葫芦，走一步，喝一口，直喝得东倒西歪，坠入山沟，将腿摔伤，从此跛足。娶上妻室后，由于家境贫穷，夫妻日日争吵。李玄一气之下，离家出走，一头钻进月院山峡谷修炼。月院山峡谷与聚寿山的游龙谷为晋庙铺镇的两大峡谷。这里壁立千仞，险峰林立，山势陡峭，风景优美，是个休闲隐身之地。李玄进入山中，在天柱峰的山腰上觅得一隐身之所，开始了他的修仙生涯。在天柱峰的石壁上，至今还留有李玄题写的诗句：

溪潭直上孤峰底，怪柏苍苍老不死。
黎杖长拖啸一声，虎豹潜行齐缩耳。
须臾有客话无生，旋煮新茶汲冰水。
樵歌依约耳边来，诗情都在烟岚里。

跛足的李玄，拖着一根黎杖，在峡谷中出没。他以山果充饥，以山泉解渴，遇到虎豹，便挥杖长啸一声，山谷中响起了排山倒海般的回声，吓得虎豹潜行逃遁。偶尔也有客人来，他便用采集的黄芹为茶，以山泉沏之。在诗情画意般的峡谷中，李玄的心情也逐渐好了起来。

孔子适晋回车，是我国古代流传很久的故事。晋庙铺镇古称拦车镇，因“孔子回车”而得名。相传孔子周游列国，传道讲学，在郑国游说结束后，乘车直奔晋国。当他同随行弟子来到晋国边境天井关下一山村时，见有小孩以石筑城为戏，不肯让路。其中一个叫项橐的顽童，以“只有车绕城，而无城让车”之说质难孔子。孔子见项橐虽小，却有过人之处，于是躬拜为师，令弟子绕“城”而过。当行至天井关时，又遇松鼠口衔核桃跑至面前行礼鸣叫。孔子见晋国顽童如此聪明，连动物亦懂大礼，十分感慨并回车南归。现今，井关村仍留有当年的回车辙。后人为祭祀孔子，在村东南修有文庙，并立有“孔子回车之辙”的石碑和碑亭，还把星轺驿改为了“拦车村”。从此，孔子回车便成为晋城闻名的四大景观之一。如果你在桃花盛开的春天，或者满目红叶的深秋，来此神游，一定会将心中的热情凝成一首最美的情歌，献给那座青春不老的山峦和古韵悠悠的老镇。

山化育人之懿德，人亦赋山以空明。翘首碧天，卷舒风云之色。吟咏经史，吐纳珠玉之声。得天地英淑之气，一方胜岳、惠及芸芸众生，万世抵柱、泽被悠悠千古。聚寿山，一部写不完的传奇传记；聚寿山，一部读不完的壮丽诗篇……

弦歌七秩忆新中

巍巍新州，泱泱惠河。内蒙古赤峰市敖汉旗新惠中学始建于 1952 年，是一所历史较长、影响较大、声誉较高的市、旗两级重点高中。

新惠中学是我一直向往的地方中学。然而，由于我的出生地在古鲁板蒿，属于敖汉旗北部考区，中考最高级别的中学只能报考敖汉二中，也就是后来的木头营子高级中学。与新惠中学相比，“敖汉二中”的录取分数线相对南部区要低很多。然而，我跟新惠中学还是有一些渊源的。因为新惠中学叫得响的那几年，应该是 1982 年前后，古鲁板蒿中学取消高中部，原高中部的大部分教师和校长，还有部分学生从古鲁板蒿中学析出，直接到新惠中学。比如：胡桂校长、王瑞林老师、孙华新老师、邢文秀老师等都是从古鲁板蒿中学过去的。而那个时候的我正在古鲁板蒿中学读初一。1990 年的时候，又有王立恩老师从木头营子高中调任新惠中学。王立恩老师在木头营子高中教书的时候，我也恰好在木头营子中学读高一。因此，新惠中学一些元老级的人物我并不陌生。而“木头营子中学”更名为“箭桥中学”应该是2000年前后张凌任校长时的事情了。

可以骄傲地说，我是敖汉几所名校的见证者和参与者。唯一遗憾的就是我没有到新惠中学正儿八经地读过书，但因为我在木头营子高中复读了三年，每年高考的地点正是新惠中学的教室。因此，我的“人生大考”确实与新惠中学有关。也就在前几日，新惠中学现任党委书记刘广军先生在微信里跟我说：“新中今年迎来七十华诞，你无论如何要写点东西。”广军书记在新惠中学任职之前，是我们箭桥中学（原木头营子中学）的校长，如今，广军书记履新新中已有一年有余。我通过新惠中学的微信公众号了解到，自从广军书记到新中以后，直接参与或组织的教育活动有：“新惠中学2021年秋季趣味运动会”“新惠中学2022年元旦联欢晚会”“新惠中学首届英语文化节”“首届班主任节”“新中七十华诞，我辈逐梦前行”主题演讲等。

“七秩芳华，魅力新苑。”为了做好新惠中学70周年校庆工作，校长付玉洁就《新惠中学70周年校庆活动策划方案》进行了宣读讲解，并将2022年确定为新惠中学建校70周年校庆年。新中70周年校庆将分为启动、筹备、庆典、总结四个阶段，其中包括学术交流、庆祝大会、校友联谊、文化观光等在内的大型活动，希望全体师生要振奋精神、群策群力，以饱满的工作热情，做好校庆筹备工作。同时，学校要积极争取社会各界的关注和支持，增强新惠中学的凝聚力和向心力，激发全体师生员工和校友的爱校之情，为新惠中学70周年校庆献礼。作为政协敖汉旗第十届委员会委员，我觉得自己理应参与其中。

我个人认为，新惠中学从1952年至今，大致可以分为三个阶段。第一阶段1952至1956年为初创阶段：新惠中学于1952年创建之名为“敖汉初中班”，只是在魏振鹏担任班主任的“敖汉简师班”的基础上创办的。1953年开始，“敖汉简师班”改为“敖汉初级中学校”，1956年更名为“新惠中学”。第二阶段是1956至1982年，“新惠中学”于1969年改为新惠“五・七”中专，1977年复称新惠中学至今。1979年至1982年，吴廷森先生任新惠中学校长，系恢复高考后新惠中学的首任校长。第三阶段为1982年至今，为发展阶段。以1982年秋古鲁板蒿中学高中部撤出合并到新惠中学，原古鲁板蒿中学校长胡桂任新惠中学校长为显著标志。

1982年，新惠中学已经是敖汉旗建校最早、规模最大、人民寄予希望最高的一所完全中学，人们都称之为敖汉旗最高学府。然而，由于县城和村里孩子的学习环境不一样，教育宗旨不是很明确和当时的优劣分班制度等，致使学校的各个方面存在着很多弊端。胡桂校长通过一系列的调查研究发现：新惠中学与原古鲁板蒿中学截然不同，古鲁板蒿的学子大多是农家子弟，家境一般都很贫寒，学习不用催，都很拼命学。而新惠中学是一所城镇中学，一些学生“天马行空、自由驰骋”，存在着学生不愿意上课，老师不愿意教的现象。许多家长对学校办学形式也存在着很多不满。

“与其守成法，毋宁尚自然。”胡桂校长上任不久，即解散“优劣班”，重新编班，还师生自尊，给所有学生共享优质教育资源的权利。学校还依照国家的法律法规、方针政策，结合学校实际，制定了一系列的规章制度，以规范师生的言行。具体落实“依法治校”的原则和精神，经常说服教育师生：守法为荣，违法为耻。系列规章制度的制定和执行，是新惠中学正常秩序的形成和教学质量不断提高的重要保障之一。与此同时，胡桂校长还向有关领导建议，将初中单办，初高中分而治之，成立三中，然后各自扩大初中高中招生的规模。从管理上可以从多而杂向专而精发展，既有利于初中的普及，也有利于高中快出人才、出好人才。将一所完全中学的初中和高中分开，实际上是个双赢的办学模式，获得时任政府领导的支持。

胡桂校长认为："要有良好的教育必须有良好的教师，教师素质的高低决定学校教学的成败。"胡桂校长把组建一支高质量的教师队伍视为头等大事来抓，他要求教师拥有货真价实的学历。除稳定原有的骨干教师，后续的基本上都要求来自本科院校。胡校长礼贤下士、广纳贤才，以锲而不舍的精神、屡顾茅庐以期求得真正的人才。自胡桂先生任新惠中学校长后，一大批享誉较高声誉的优秀教师集聚新中，语文教师胡新，数学教师胡文兴，化学教师刁振锋，物理教师於祥生，也是当年敖汉盛传的"二胡一刁於"，随着俄语教师房仁斌的加入，新惠中学的金字教师又变成了"二胡一刁於，外加房仁斌"。新惠中学的知名度和美誉度迅速提升。

胡桂校长从 1982 开始担任新惠中学校长至 1993 年退休，任期长达 11 年。如今，退休多年的胡桂校长童心未泯，仍能背诵自己童年的作文《印记》：孩提时有玩不尽的游戏，听不完的故事，画不完的问号。春天，爬树掏鸟蛋、放风筝；夏天去河里游泳、摸鱼；秋天，到山沟烧毛豆、烤红薯；冬天，堆雪人、溜冰、打雪仗。日常的玩法多得很：骑马杀仗、抢山头捉俘虏、老鹰叼小鸡、打尜儿、滚铁圈、打片子、丢手绢、跳格子、捉迷藏……真是其乐无穷。童趣是一首诗，童真是一首歌。童心在快乐的音符上跳动，童年在快乐的小河中流淌。童年的生活就是一块调色板，跳出的是色彩斑斓；童年的时光就是一幅画，画的是绚丽缤纷。多姿多彩的童年，已牢牢植入我记忆的深处。

刘建华，新惠中学原校长，任新中校长 10 年，其个人魅力也非一般的强大。刘校长英语水平极高，据说在敖汉甚至赤峰地区都是可以执牛耳的人物。大概是我在 1991 年高考英语科目的时候，刘建华老师突然闯到教室里看考生的考卷，好像是说哪一道题出错了。按理说，高考的考场是不允许有监考以外的老师进入考场的。刘建华老师当年不但有资格进教室，好像还指出了高考卷里有一个错误。我本人虽然英语不好，从此却记住了这位大咖。刘校长是那个年代为数不多的能够用全英语授课的老师之一。据说，为了让学生熟悉外语环境，刘校长还曾聘请一位大鼻子的洋人当外教。刘校长可以和外教直接交流，那个外教还教学生们唱英文歌曲《此情可待》。

北大校长蔡元培先生曾经说过："教员之教授，职员之任务，皆以图诸君求学便利，诸君能无动于衷乎？自应以诚相待，敬礼有加。至于同学共处一堂，尤应互相亲爱，庶可收切磋之效。"据我所知，胡新、叶沐耕、王瑞林、房仁斌、刘建华、二黄（黄维生、黄维杰兄弟）、宋臣、林国华、孙华新，以及后期的王立恩都是新惠中学各个学科的佼佼者。

语文是非常重要的学科，任何一门学科想要传播，必须要借助语言这个工具。胡新先生曾为新惠中学教导处主任，他是中学语文高级教师，还是当时赤峰市中学语文教学研究会常务理事，赤峰市语文教育学科带头人。胡新老师的传奇经历更是令人钦佩，据说他在养猪的时候背完了一本《新华字典》。胡新先生以他卓越的才能，大力推进语文教学改革，教课之余，着力语言文字的研究，深得人们的钦佩。

如果说在新中的教学历史上有一位俄语教学能手，能算的上是大师级别的人物，那么这位老先生一定是房仁斌。房仁斌先生出生于 1935 年，毕业于北京师范大学俄语系，同年分配到内蒙古大学当助教，1960 年调入新惠中学教俄语，并任教学组长。那时候学习俄语有着特殊的意义。新惠中学作为昭乌达盟（赤峰市）教育前沿的中学，当然懂得引进具有专业较强的俄语教师。房仁斌先生应该是当时新惠中学国宝级的人物。房仁斌先生曾自己编印俄语教材，用自己独特的教学方法，带领学生用一年的时间完成三年的课程，许多拔尖的俄语优等生脱颖而出。

“才如湖海文方伟，腹有诗书气自华。”王立恩，现任赤峰市政协副主席，曾任新惠中学语文教研组组长。我在木中的时候就听过王立恩老师的语文课,也曾看过他主持的联欢节目。印象中的王立恩老师英俊潇洒，声音洪亮，说话办事干净利落。他平时博览群书，喜欢历史和文学，平时讲起柏拉图、苏格拉底如探囊取物。此外，王立恩老师的板书也非常规整，一堂课下来，甘之若饴，余音绕梁。

蓦然回首，新惠中学当年真是大咖如云，个个学富五车。70 载峥嵘岁月，几代人学脉绵延。70 年来，新惠中学始终秉承“文明、勤奋、求是、向上”的校训，以兑现办人民满意教育的庄严承诺为己任。70 年来，新惠中学先后向清华大学、北京大学输送近 70 名学生，考入重点大学学生数万名。苗复春先生曾以高考 120 分（满分 100 分，外加奖励 20 分）的优异成绩考入中国人民大学，成为新中学子的骄傲。先生长期从事宏观经济研究和领导工作，曾被国务院学位委员会授予“有突出贡献硕士研究生”称号。如今，苗复春先生已经作古，先生的声名仍被人们津津乐道。

薄文泽先生现为北京大学外国语学院泰语教研室教授，博士生导师；兼任泰国研究所所长，诗琳通科技文化交流中心副主任，中国民族语言学会、中国东南亚研究会常务理事，中国非通用语教学研究会泰语分会副会长等多个职务。先生也是新惠中学历史上的知名才子，他 1981 年考入北京大学中文系，主要研究方向是泰语和侗台语族语言、东南亚区域语言学，出版有《佯僙语研究》《木佬语研究》等著作，在国内语言学、东南亚研究刊物上发表论文 10 多篇。

徐鸿章，笔名金河，1963 年从新惠中学考入内蒙古大学，后成长为著名作家，曾任辽宁省作协主席。胡晓惠，1978 年从新惠中学考入大连理工大学，多年来在国防科研和大数据领域建树颇丰，现为中科院特聘核心骨干研究员、中科院大学博导。宋建波，新惠中学校友，2002 年通过国家公务员考试，以面试第一名的成绩考录到内蒙古自治区高级人民法院工作，2021 年 8 月提任通辽市中级人民法院党组书记、院长。

从新中走出的学子，个个青春年少，个个风度翩翩。如果把历届高考状元的名字串成一串,他们如同天上的星星般璀璨，他们创造了高考的非凡历史，积淀了厚重的人文底蕴。他们是新中的骄子，他们是敖汉人的骄傲，他们已成为新中人初心如磐、历久弥坚的精神密码，并赋予新中人鲜活的时代价值。

弦歌不辍，薪火相传。如今，新惠中学的接力棒已传到了以党委书记刘广军、校长付玉洁为领导的手中，新时代的新中人正秉承初心，筑梦前行。仰望新中，月白风清，醍醐真言殷殷在耳；梦回学府，草绿花红，泥泞足迹焕然常新。层楼叠榭，以延庠士；辟土开疆，以广弘远。芳兮菲兮，栋焉梁焉；学者芸芸，师者济济。

嗟夫！七秩倏然，逝者如斯，黉苑芳华似锦；

噫唏！万山红遍，初心犹是，更向彼岸登程。

本文发《渤海风》文学季刊 2022 年第 3 期

石库门：大上海的城中遗韵

石库门建筑由其“门”而得名，石库门也逐步成了上海传统弄堂住宅的代名词和一种标志。1860 年前后，为石库门的起源初期，它脱胎于江南民居和欧洲的城市联排住宅。由于城市的发展，地主乡绅纷纷入住租界，开发商趁机建造大批简易的房屋出租牟利。到清咸丰十年（1860 年）的时候，公共租界内已有住宅 8740 幢，那正是上海里弄街坊最早的形制。石库门建筑的平面和空间更接近于江南传统的二层楼的三合院或四合院形式，保持着正当规整的客堂，有楼上安静的内室，还有习惯中常见的两厢。这种建筑基本保持了中国传统住宅对外较为封闭的特征，虽身处闹市，但关起门来却可以自成一统。于是，这“门”也就变得愈加重要起来。它通常有一圈石头的门框，门扇为乌漆实心厚木，上有铜环一副。这种式样的建筑被上海人称为“石库门”。石库门是大上海过去的影子，是上海过去的封面。石库门建筑的门楣是最为精彩的部分。在早期的石库门中，门楣常模仿江南传统建筑中的仪门做成中国传统砖雕青瓦压顶门头式样。后期受西方建筑风格的影响，常用三角形、半圆形、弧形或长方形的花饰，类似西方建筑门窗上部的山花楣饰。

一、老式石库门里弄建筑

上海砖木结构石库门里弄住宅早在清末同治年间已出现，建筑总体纵横组合，既仿照我国大宅院民居多进与避弄的传统，又吸纳毗连式住宅的手法，单体平面脱胎于上海民居三合院或四合院形式。1870 年租界工部局下令不准建造木排房以后，这种砖木结构石库门建筑经过改良后移植到租界。老式石库门住宅基础为灰浆三合土，木柱基础上设置柱石礅，避潮防护木柱。五柱或四柱立贴式木构架，采用直径 15 厘米杉木，后期老式石库门住宅采用洋松。楼格栅早期石库门住宅采用 12 至 15 厘米杉木，间距在 60 厘米左右，上铺 2.5 厘米杉木板，由于间距过大，人在地板上走动有咯吱咯吱的声音。老式石库门住宅装饰，石库门头简化成了清末民居仪门门罩繁复的装饰，形状有矩形、三角形、半圆形、阶梯形，用西式图案装饰；下面门楣内有“人杰地灵”“腾蛟起凤”“紫气东来”等吉祥字样。

（一）树德里——黄陂南路 374 弄

1920 年建造，沿黄陂南路兴业路转角建造。总平面布置两排共 10 幢住宅房，立贴式砖木结构，二层石库门住宅。单开间一上一下平面，独门独户。底层布置天井、客堂、后天井、楼梯间、厨房间。二层布置前楼和亭子间。

前天井地坪铺青石板，后天井为水泥地，室内地坪和楼层均铺杨松企口板。客堂立面为传统木格落地窗，二楼立面为带气窗的比客堂木格窗规格小的支折木窗，窗下设中式图案木栏杆，两边封木护壁。石库门围墙和山墙为青砖清水墙镶水平红砖饰带，石库门门框为石条，门框和石头门用青砖砌筑，半圆形门楣镶西式山花，尺寸比一般石库门大。沿黄陂路山墙面装木百叶窗，所有小窗和后门上方砌筑砖拱。屋面两坡顶铺蝴蝶瓦，在五开间屋面中央设一道封火墙，与两侧山墙遥相呼应。树德里与树德北里连通，七转八弯可到吉平里、津德里、永庆坊等居民稠密的里弄，有着隐蔽可转移的地形。

1921 年 7 月 23 日，中国共产党在这里（现兴业路 76 号）的石库门客堂里举行了第一次全国代表大会。为了缅怀先辈，教育后人，树德里全部保留下来改作纪念馆。

（二）新渔阳里——淮海中路 567 号

1915 年 8 月始建，1919 年建成，1921 年改名铭德里，1957 年恢复原名。总体位于一所学校西边不规则地皮上，布置五列行列式老式石库门。弄内横向的支路较窄，仅 3 米宽，沿街店铺后第一支路更狭窄，五条支路由南北竖向弄堂连通，类似传统民居多进宅屋的避弄，每个支路口有过街楼，下面砌筑发券。占地面积 2595 平方米，总建筑面积 4005 平方米，共有 33 个单元。建筑为二层砖木结构，立贴式木构架承重，砖墙围护。单元平面有一开间和两开间。天井铺石板，客堂地坪铺大方砖块，客堂与厢房装有可拆卸木长窗和木槛窗，楼上铺木地板，厢房用褂落分隔，楼上前楼和厢房沿天井立面装有铸铁栏杆，屋面铺小青瓦。木楼梯设在客堂与厨房之间，厨房一边小天井与后门连通。大门为石料门框，门套用砖砌上半段，与砌砖门头连成一体，门楣上有意喻吉祥或富贵的横匾。天井周围高度与二楼窗齐平。外墙为青砖清水墙，红砖为外墙带饰，底层外窗装百叶窗，后门上方砖砌拱券。这是一条商业街中闹中取静的里弄，弄堂不能穿通，支路上的房屋更加宁静、私密。

（三）辅德里——成都北路 7 弄

建于 1915 年，原来这里周围都是石库门里弄，西通民乐坊、福明村，里弄虽宽 4 米，但是四通八达。这里有 50 个单元石库门住宅，每个单元均为单开间平面，建筑面积约 74 平方米，二层砖木结构。楼下天井、客堂和厨房，楼上前楼和亭子间。外墙为青砖清水墙，石库门门套为红砖，门套上饰仿科林斯柱式，门楣上有横匾题字，外墙窗上方砌砖拱券。1999 年上海建造延安中路高架道路，辅德里贴近高架道路红线，拆除了辅德里周围 670 弄房屋，其中辅德里沿成都北路街面房拆除，南北行列拆除第一排，特地保留第二排和第三排作为中共二大和平民女校遗址，辟为纪念馆。

（四）义和坊——复兴中路 263 弄

建于 1926 年，老式石库门里弄，瑞华坊东边里弄，目前正在拆迁。弄堂较窄仅宽 2.5 米。房屋为一厅二厢三开间和一厅一厢二开间单元，石库门仅有石框，没有任何装饰十分简陋。总弄共设 4 个过街楼，均是二层房屋。在里弄深处有一幢一厅二厢、体量高大的石库门住宅，水泥墙面，二楼挑出水泥阳台。走进天井看见粗大水泥柱，共三层，楼层设水泥楼板走马外廊，二楼外廊栏杆为铸铁，三楼外廊栏杆为水泥。整个建筑保存良好，也许是这幢私宅先建于义和坊，因而一直隐在此深巷里。

（五）新康里——闵行路 188 弄

建于 1920 年，有东新康里和西康里，是虹口区很大一片旧住宅区。东新康里有 39 个单元住宅，建筑面积 4650 平方米，西新康里有 17 个单元住宅，建筑面积 2102 平方米，均是二层砖木结构老式石库门住宅。弄内道路仅有 3 米，支弄更窄，只有两米，总体布置紧凑杂乱，住宅朝向南、东都有，户型一开间、二开间都有，反映了房地产商在当时上海人口暴涨背景下，谋求利润最大化的心态。石库门仅做水泥框不做门套，门楣尺寸过小，与大门不搭配。沿街店铺为二层木结构，装有西式圆柱铸铁栏杆，配上中式木挂落，是石库门中西合璧的记录符号。

（六）蕃生里——东长治路 685 弄

建于 1922 年，老式石库门里弄。总弄宽 4 米，连通 5 个支弄，每个大弄口有发券，远处看去券中有券，很有趣味。早期石库门的砖木结构为了避免倒塌，往往设砖砌拱券支撑水平倾向力，该里是上海保留下来的早期石库门发券较为完整的里弄。总平面布置呈丰字形，二开间，一厅一厢单元居多。青砖清水墙，石库门门楣图案立体感强，二层外墙面水泥抹面。总弄与支弄转角处的房屋棱角埋置护角毛石，这也是早期石库门里弄的历史痕迹。

（七）丰乐里——四川北路 1999 弄

位于四川北路与多伦路之间地块，总建筑面积 9000 平方米，共有 108 个单元。总弄堂宽达 8 米直通两条马路，沿总弄两侧布置南支弄和北支弄，南支弄行列式布置单开间新式石库门，支弄口有花岗石牌坊，其上镶砌刻凿支弄名，从“丰乐里南一”开始，整齐排列至“丰乐里南九”，支弄虽然仅宽 3.5

深约 30 米，但是至今还完整保存，在上海不多见。北支弄仅有两个支弄，也是相同式样。外墙为青砖清水墙，向外木窗不做窗套，但窗上方和下方有砖饰，石库门上方也有砖饰，亭子间上面设晒台。这条建于 1916 年的石库门里弄，虽已陈旧，但是它沉淀了不少历史文化，现划入历史文化保护区范围。

（八）斯文里——新闸路 632 弄

建于 1914 年至 1921 年，现留存的仅是东斯文里，大田路西边的西斯文里已经拆除，原总面积以大田路（原大通路）为轴线，从新闸路至西苏州路密集布置石库门住宅，基本上南北向行列布置，但沿大田路和近苏州河边的则是东西向布置，排列 600 余单元，总建筑面积达 48000 平方米，是上海最大的石库门里弄。单元平面以一开间为主，在每行列布置二开间。底层布置天井、统长客堂、楼梯间、厨房，为了弥补由于房屋间距较小日照差的缺点，让出厨房约三分之一面积辟为后天井，或在尽端单元后厢房窗后辟方形后天井。二层布置前楼，在转折木楼梯间辟出小间为箱子间，楼梯半平台处布置亭子间，亭子间上设晒台。客堂面向天井立面和前楼立面做六扇木格门窗，石库门水泥门套，上部拱形门头，门楣上饰巴洛克山花图案，外墙粉水泥砂浆。

（九）吉庆里——山西北路 457 弄

建于 1911 年，二层砖木结构，老式石库门住宅，共有 17 个单元，总建筑面积 2682 平方米。单元平面三开间一客堂左右厢房，后部为厨房，二楼为前楼、左右厢房和亭子间，是上海早期石库门住宅典型平面。天井围墙较高，与二层窗台线同一水平。石库门仅有花岗石门框，不做门套，但做门头，门头用砖砌三角形，门楣不做横匾仅用红砖砌筑砖拱券，西式山花镶嵌在门头和门楣内，最特别的是在门头和门楣两侧做细砖柱，柱冠圆珠，这种装饰在清末建筑中常见。青砖外墙，由于年代久远表面风化有些脱落，外窗也不做窗套，仅在窗户上做红砖砌筑拱券，下方做简易石条窗台。屋面人字形两坡顶，上铺蝴蝶小青瓦，山墙上仅做水泥压顶条外，也不做任何装饰。这条细长略呈弧形的里弄很安静，走在这条古朴的石库门弄堂里，仿佛时光倒流到那个年代。

（十）老渔阳里——南昌路 100 弄

1920 年建成，也曾称铭德里，1957 年起为区分起见，名为老渔阳里。由于是学校后面零星地皮，仅布置三排房屋，除沿街房外，弄内只有 8 个门牌，均是一堂一厢两开间平面，二层砖木结构，每幢建筑面积 150 平方米左右。建筑立面简陋、矮小，纸筋石灰粉墙，石库门尺度也不大，门头用砖砌成三角形。内有西式山花，门框用狭石条，不做门套仅做砖牛腿。外墙木窗不做窗套，仅在上沿和下沿放置石条，木窗外装百叶窗。这条老式石库门小弄堂，不引人注意，南昌路又是法租界一条宁静的小马路，中国共产党地下工作者曾在此居住和活动。

（十一）安吉坊——合肥路 168 弄

1912 年建造，位于光明邨旁，老式石库门里弄。狭长的地皮，只能坐西朝东布置 10 个单元，建筑面积 1502 平方米。每个单元单开间，天井作为房屋间隔，一个单元接着一个单元，石库门由常规南向改为开在东向，形成石库门、客厅、厢房、厨房和后门都在一个面上。这是“螺旋壳里做道场”的上海海派特色之一。

（十二）恒丰里——山阴路 69 弄

总弄宽 5 米，与隔壁四达里等住宅合用，呈现一边是恒丰里，一边是花园里弄住宅。恒丰里，建于 1905 年，为三层混合结构，单开间行列式布置，进深大，每个开间平面前面是天井、客厅，中间小天井，后面厨房，在建筑进深较大情况下，小天井起到了采光和通风的作用。外立面为红砖清水墙，但是在天井墙顶部做很考究的挑檐线脚，在每个开间分隔处做西式壁柱装饰。三楼做水泥板挑阳台，铸铁栏杆围护。三楼屋面沿口也做水泥挑檐线脚，如此精装的石库门住宅不多见，应属新式石库门里弄。

（十三）公顺里——广东路 280 弄

建于 1876 年，现存最早的老式石库门住宅，1953 年房屋经大修后改动很大，虽然看不到原貌了，但幸运的是经历沧桑后房屋的基本格局仍然存在，这是市中心罕见的早期石库门实例。早期石库门住宅是从上海民居脱胎出来的，三开间是基本单元，公顺里就是这种基本单元标准模式。天井纵向超过客堂，两侧布置前厢房、中厢房和后厢房。客堂后面是楼梯间、后天井和厨房。楼上布局与楼下相同，只是厨房间上是晾晒衣服的晒台。天井内围合的客堂、厢房木格窗和二楼花饰木栏杆与上海民居相似。向外的木窗较狭小，不做窗框，石库门也不做门套，外墙均以水泥砂浆粉面。很难想象在繁华的南京东路附近，还保存着 1976 年《沪游杂记》附图上记载的公顺里。

（十四）洪德里——厦门路 137 弄内

建于 1907 年，上海早期老式石库门住宅，由于周围民宅包围，幸存至今。穿过狭窄小弄堂，尚能见到“潜伏”了一个多世纪的老房子，虽然已经陈旧甚至破败，但是它是代表上海城市建筑历史的建筑物。小弄堂里二排行列式住宅，为两开间一客堂及厢房单元，西侧有一幢独立式三开间石库门住宅，至今仍保留着中国传统民居二进平面格局。南面天井呈正方形，略大于客堂间，这种天井在清末民初民居中比较常见。客堂和两侧厢房并立，后面是过道和楼梯间，由于建筑进深长，过道对外设腰门。后天井后面仍是客堂和厢房，四边小屋为佣人房和厨房。二楼分别布置前楼、厢房、亭子间和晒台。厢房进深大，后厢房光线较暗。原山墙屋面为马头墙，为改善厢房通风和采光，二进沿弄堂山墙面安装有两扇木质百叶开启窗，因年久失修，马头山墙和木质百叶窗已经消失，腰门和石库门门罩也不见踪影，唯有剥落的水泥砂浆外墙留下的斑痕，告诉你这是座沧桑的老房子。

（十五）先棉祠北里——先棉祠街 82 弄

这里原是黄道婆禅院的先棉祠，狭长的小路上路口部分为老式石库门，里面有一排清水红砖新式石库门，高三层，与龙门邨里弄后门相对，建于 20 世纪 20 年代。

二、新式石库门里弄建筑

与老式石库门相比，新式石库门在外观上有所不同，新式石库门外墙面多用清水青砖、红砖或青红砖混用，石灰勾缝，而不是像老式石库门那样用白色石灰粉刷，老式石库门常用的马头墙或观音兜式的山墙也已不再使用。另一个重要的区别是，新式石库门不再用石料做门框，而改用清水砖砌，门楣的装饰也变得更为繁复。1919 年以后，上海出现新式石库门里弄住宅，建造地点大部分集中在公共租界和法租界的中心地区。随着三代同堂、四代同堂的大家庭的解体，老式石库门住宅越来越不适应实际需要了。四明银行、中国实业银行、浙江兴业银行、金城银行等纷纷投资新式石库门住宅建造。新式石库门住宅采用砖墙承重，屋面架人字木屋架，山墙上做西洋花饰和线脚。阳台、亭子间、晒台、过街楼部分和楼板过梁等部位采用钢筋混凝土构件，除了起居室、卧室地坪仍采用洋松地板外，厨房、卫生间和天井地坪采用水泥铺面。外墙有清水墙和水泥粉刷墙，石库门门楣改用水泥，门套有水泥、汰石子，还有西式柱。

（一）大德里、恒安坊——四川北路 1543 弄

1927 年建造。这是一条很特别的石库门里弄，因是两个房产商建造，所以一条弄堂有两个里。进出约 4 米宽的过街楼，沿弄堂左侧是大德里门牌，右侧是恒安坊门牌。有趣的是，在石库门弄堂转角处的水泥压顶线下镶嵌有水泥长方块，阴刻着恒安坊某巷。两侧各有 8 列，共 42 个单元，总建筑面积 4470 平方米。三层砖混结构，红砖清水墙，在弄堂转角处预埋水泥条块，防止撞坏。外墙面上均设水泥勒脚和腰线。由于三层间距的原因，住宅前后都设天井，以扩大空间。这两条里弄的标准接近新式里弄，安装卫生设备，后立面墙上敷铸铁坑管。

（二）绍安里——济南路 207、217 弄

1936 年建造。占地面积 1026 平方米，建筑面积 1235 平方米，共 5 个单元，一条弄堂不止一个单间、一个二开间、三开间，每个弄口有过街楼，弄堂很短又不与周围弄堂连通，所以十分幽静。弄堂高大石库门头的水泥雕饰十分吸引眼球，与

一般石库门不同，门楣放大凸出，门头缩小用梯形水泥饰块表示，门楣和门头上的图案花饰立体饱满，饰条挺拔，很少见到。三开间单元不设厢房，高高围墙上做一排宝瓶状栏杆装饰，尽显大家风采。隔壁济南路185弄内逸庐是一座三开间石库门，更使人惊讶，弄堂深处还有如此精致的石库门，花饰无损个个立体凸出，花岗石门楣上楷体“逸庐”两字又大又清晰，青砖清水墙砌筑工整，厢房墙上水泥窗框凸出又有层次，底层木窗外还装上木质百叶窗，使参观者感到大宅门内的神秘。

（三）高福里——长乐路294弄

1920年至1930年建造，占地面积11000平方米，总建筑面积11689平方米，有104幢新式石库门。总体位于向明中学后门对面，新锦江饭店斜对面。总平面布置由总弄串联三条支弄，坐北朝南布置整齐划一。总弄宽5.5米，支弄宽4米，因此房屋空间较宽敞，日照较充足。总弄和支弄都有过街楼。高福里总弄两侧有两种形式石库门住宅，右侧是三层青砖清水墙，单开间连列，由于进深大，在客堂后开小天井，二三层前楼开四扇木窗；左侧是三层红墙清水墙，单开间连列，二三层前楼开一大两小木窗。此里与众多石库门里弄明显不同，底层外墙筑2.5米高水泥护壁。该弄规模较大，保存完整，尤其是仍然保留着原来居民的生态环境。

（四）怡安坊——长乐路169弄

新锦江大酒店隔壁里弄。建于1936年，新式石库门里弄，部分是西式公寓。砖混结构，三层楼，单开间单元行列布置，底层用水泥汰石子粉面，做水平横线条，在天井墙压顶处做花边线脚，石库门门套取消了繁复的图案，改成由竖横线条组合的简洁明朗的水泥汰石子门套。二至三层外墙做水泥拉毛，这在石库门里弄中属于罕见。

（五）明德里——延安中路 545 弄

1927 年建造，三层砖混结构，新式石库门里弄住宅。单开间连列长达 10 开间左右，开间、进深和层高都比一般石库门大，因此体量显得高大。总弄堂 5.5 米，延安中路与巨鹿路对通，支弄宽 4 米。平面与一般石库门住宅一样设立天井、客堂、前楼和厨房、亭子间外，增设卫生间。外立面红砖清水墙，外墙做水泥框，木窗外做百叶窗，墙角做从地面到屋檐口的水泥边框，屋檐挑出并有小桁条，楼层立面按开间宽度做六扇木窗，在窗肚墙处还镶西式花边框。二楼亭子间上面做水泥晒台。石库门门头简化为矩形框中镶西式山花，水泥门套凸出于石料门框，增加了层次感。整个里弄安静又大气，是品质较高的新式石库门里弄住宅，新式里弄的许多特征在此呈现。因此这个里弄住宅是新式石库门住宅开始向新式里弄演变的实例。

（六）瑞华坊——复兴中路 285 号

建于 1920 年，新式石库门里弄，三层砖混结构。总体布置在复兴中路与合肥路之间设有中轴线，总弄两边各布置 13 列完全对称的住宅，共有 79 个单元，总建筑面积 12446 平方米。红砖清水墙，木窗设水泥窗框，三层北边设晒台，山墙用水泥粉压顶，为了使结构坚固设水泥横梁，屋面为机制红平瓦。弄堂口设三层过街楼，在上海石库门里弄中也是不多见的。

（七）荣德里——茂名北路 250 弄

建于 1923 年，新式石库门里弄，有 3 个平行沿马路支弄，共 13 个单元，总建筑面积 3220 平方米。它北边邻里是德庆里，南边邻里是震兴里，是石库门风情街景。假三层，砖混结构，南向底楼天井北向三楼晒台，这种布局将房屋间距最大化利用，外墙用青砖砌筑并镶嵌红砖饰线，山墙水泥压顶包含上海传统民居观音兜元素。弄堂口过街楼设大铁门，又是短弄堂，十分宁静，私密性也非常好。

（八）步高里——陕西南路 287 弄

建于 1930 年。占地 6940 平方米，总建筑面积 10004 平方米，有 78 个单元。法租界当时流行建花园房和新式里弄，这个地段靠近肇嘉浜，属于法租界边缘地段，是房产商为吸引肇嘉浜南岸华界中国人而建造的，总弄口设在陕西南路，支弄口设在建国西路。总弄口建一座高 8.5 米，宽 6 米中式牌楼。歇山式屋檐下还用水泥仿造层层叠加的斗拱，下面水泥门框下一大二小门洞，仿佛是中国传统宫殿式大门模式；门洞上面一片白墙面用大字钉着“步高里”“1930”，并附有法文“CITEBOURGOGNE”，这种中西混合的里弄牌楼在上海是绝无仅有的。每个单元平面是天井、客堂、双跑木楼梯、厨房，二楼是前楼、楼梯间、亭子间，亭子间上面有晒台，进深较浅所以不设后天井，外墙为红机砖清水墙，底层做 1.5 高水泥裙墙。各支弄口为防止房屋倾倒，做砖砌发券和支撑墙。

（九）和合坊——淮海中路 526 弄

1928 年建造。总体上包括沿淮海中路和长乐路布置街面店铺，弄内坐北朝南布置了 6 列住宅，总弄为中轴线，总建筑面积为 13232 平方米，共 117 个单元。每个单元均为单开间，连列一排后形成天井的空间，使原来狭长的支弄空间也不沉闷。三层红砖清水墙砌筑的住宅整整齐齐排列着，在阳光斜射下，有一种温馨的感觉。石库门和外墙门窗都有水泥框，它既是建筑装饰又是近代工业革命后水泥工业迅速发展走进千家万户的时代符号。这批石库门里弄住宅保存很完整，外貌基本保持原貌，是繁华闹市中难觅的石库门住宅。

（十）慎成里——永嘉路 291 弄

始建于 1928 年，1931 年建成。慎成地产公司建造，以之命名该里为“慎成”。总面积为 159000 平方米，共有 120 单元，因这块地皮不规则，南边是凌乱的简屋，大部分单元坐北朝南，小部分单元由于地形局促，只能坐西朝东布置。总弄宽约 5 米，支弄宽约 4 米，单开间三层，后部三层设晒台，新式石库门里弄。街面房三层，弄口设过街楼。进了弄堂都是红砖清水墙，可惜石库门仅留门套，已封墙改为小单门，前楼四扇木窗周边水泥墙面，这种做法不合章法，很可能房屋大修时改建。永嘉路当时称西爱咸斯路，是法租界文化人、医师、小商人居住较集中地段，1939 年 4 月中共江苏省委机关曾在慎成里 66 号办公，直至 1942 年 11 月转移。建筑承载着历史，很多建筑后来都进行了改造，但具有重要意义的建筑更应该倍加爱护，维系它的历史原貌。

（十一）光明邨——合肥路 148 弄

1929 年建造。总弄宽 5.5 米，支弄宽 3.5 米，总弄两边布置 6 列住宅，全是单开间新式石库门住宅，总建筑面积 10470 平方米，共有 92 个单元。总弄设过街楼，石库门住宅青砖清水墙，三层高，层面山墙水泥压顶条，屋顶盖机红瓦。石库门三角形门头和水泥门套没有什么特色，前天井后二层亭子间上设晒台是个特色，使三层高的房屋间距得以扩大。

（十二）尚贤坊——淮海中路 358 弄

位于淮海中路以北，马当路以西，淡水路以东。美国基督教传教士李佳白去世后，尚贤堂解散。1921 年房地产商借尚贤堂盛名，在这里开始建造新式石库门里弄住宅，1924 年建成，取名尚贤坊。该里弄占地面积 6120 平方米，总建筑面积 10180 平方米。总面积布置沿淮海中路为三层店铺和住宅，弄内布置三排单开间和双开间联排式二层住宅，总弄与支弄呈“丰”字形。总弄宽 6.5 米，支弄宽 2.7 米，在弄口均设过街楼，支弄弄口设发券以提高建筑相互间连接防止倾倒。沿街商铺住宅外立面做水泥拉毛墙面，巴洛克水泥装饰线条压顶，檐下有涡纹花饰，每开间顶部两侧竖方尖牌。弄内住宅为二层砖混结构，有 59 幢，均是红砖清水墙，简化石库门框，与众不同的是墙基水泥勒脚高两米，门窗边都做水泥框。

（十三）梅兰坊——黄陂南路 596 弄

在复兴中路和合肥路中间，里弄以业主吴梅溪和吴似兰两兄弟姓名中的“梅”和“兰”合成“梅兰”命名。在弄口大门两侧门柱上阴刻着“梅兰坊”弄名。该里弄占地面积 6257 平方米，总建筑面积 11326 平方米。三层砖混结构，新式石库门里弄住宅，1930 年建成。总平面将 70 幢房屋分 4 组排列布置，虽然由于法租界地皮昂贵，为了提高使用率，石库门里弄住宅增至三层，但是将每列北面厨房、亭子间层高降低并开设后天井，每列南面仍可以获得充足日照。单体平面以一开间为主，在尽端设二开间。一开间单元底层平面布置依次是天井、客堂、楼梯、厨房和后天井，二三层平面依次是厢房、后厢房，二层依次是厢房、亭子间，三层依次是阳台、厢房、卫生间、亭子间。木楼梯采用环跑式，比老式石库门直跑式平坦，上楼梯的人不吃力。底层客堂地坪做拼花地砖，平顶敷暗电线做石膏顶和线脚，楼层做木地板。外立面南立面机红砖清水勾缝，石库门做简易水泥门套，北立面水泥墙。外立面门窗上方做砖砌孤券，窗下方做水泥窗台。

由于地段好，房屋平面和房屋质量也很好，所以至今仍有居民居住着，房价也达到每平方米数万元。

（十四）西成里——马当路 278 弄

1926 年建成。占地面积 10890 平方米，总建筑面积 13969 平方米，有二三层砖混结构新式石库门 134 个单元。这条里弄是法租界面积最大的高密度居民区，总弄和支弄的宽度差不多，总弄北侧地皮方正，住宅均南北向分三块连列式组合，往自忠路有两个弄口。总弄南侧地皮不规则，所以大部分住宅东西向，马当路除总弄口还有一个支弄口，沿马路为商铺，弄内四通八达。每个单元均为一开间，石库门围墙用砖砌筑，表面用水泥抹面高达石库门门楣处，仅在围墙顶端露出少部分砖墙，上面做水泥压顶。天井后立面为红砖清水墙在木窗外做水泥框，外墙转角做水泥条，屋檐下做水泥饰条。采用水泥点缀后砖墙石库门显得牢固又洋气。沿自忠路、淡水路有部分沿街房为二开间一客堂一厢房平面，还建有二楼挑出水泥阳台。

这里属于普通百姓生活的里弄，也曾居住过一些画家、演员。自忠路 361 号石库门曾是 1927 年上海工人第三次武装起义发布起义命令的秘密地点。

（十五）龙门邨——尚文路 133 弄

1935 年建成，新式石库门里弄住宅。总体沿不规则地形行列布置，总弄为轴线，支弄住宅坐北朝南。每个单元为三开间平面，呈方形。中间开间布置天井、客堂、楼梯间和狭长后天井。两边开间布置前厢房、后厢房和厨房。天井仍采用早期老式石库门住宅横向天井，面积比客堂大，两侧厢房缩进。前厢房、中厢房通过客堂连通。二层平面基本与底层相同，只是厨房间上面做亭子间，再上面设晒台。木楼梯设两跑梯，这在石库门住宅中很少见。建筑外墙西洋味很浓，水泥砂浆粉面砌做仿石划线，屋檐和天井墙边口做西式延边线。石库门做得很讲究，圆弧形门头内镶西式山花，中央是中式浮雕狮子，门楣上镶刻“厚德载福”等吉祥横匾。外立面门窗做水泥框和挑檐板、窗台。天井内客堂和厢房木门窗外的墙面，有装饰的放射式线条。龙门邨的弄口过街楼最有显著特征，冠载着一个中国传统建筑重檐大屋顶，充分反映了房产业主虽然在老城厢浓厚的中国传统氛围包围中，由于城外租界西方建筑文化影响，将西式元素融入了中国传统。

（十六）四明邨——延安中路 913 弄

由四明银行投资，1921 年和 1928 年分批建造，1932 年全部建成。占地 19000 平方米，总建筑面积 29150 平方米，共有 118 幢房屋。总弄北边是延安中路，南边是巨鹿路，南北贯通。总弄宽达 6 米，支弄宽 4 米，可容小汽车进出。沿着总弄两边行列布置坐北朝南住宅，里弄南端为二开间高标准新式石库门，中段全是一开间低标准新式石库门，北端为二开间中等标准新式石库门。标准高的石库门为二层，标准低的石库门为三层，均是红砖清水墙，砖混结构。南端二开间高标准新式石库门，建筑平面按石库门格局不变，不同处是前二后三，即利用后部错层的层高低，做三层，设亭子间。楼梯间空间扩大，做转角楼梯，并有天井小窗。底层厢房朝南面凸出呈八角形，设正南、东南、西南三个角度木窗，以取充足光线。二层厢房外设挑出水泥阳台。底层后部除设厨房外，还增设汽车库。

建筑由凯泰建筑事务所黄元吉建筑师设计，施工质量上乘，里弄建成后一批文化人士纷纷入住。

（十七）瑞康里——四平路 52 弄

建于 1930 年，新石库门里弄，四周沿哈尔滨路、东嘉兴路、溧阳路和海伦路，沿街为店铺，弄内有石库门住宅 183 个单元。二层砖木结构，红砖清水墙，单开间行列布置。石库门在石框外加汏石子门框，上端还有短竖线装饰。石库门门楣与常见的石库门不一样，在类似横匾的矩形框两边用回纹线条装饰。支弄用砖发券支撑。

（十八）慎余里——天潼路 847 弄

位于福建路与浙江路之间地块，原是各地移民的集中居住地，1931 年将老弄翻建成新式石库门里弄住宅。总建筑面积 11964 平方米，共有 72 个单元。每个单元为二开间一客堂一厢房平面，楼梯间后部平面与一般石库门住宅平面不一样。厨房间和亭子间纵向放大（俗称双亭子间），后厢房开间缩小，特留出亭子间跨越后天井的天桥位置。外墙为水泥抹面，底脚 1.5 米高水泥勒脚，窗框做一二层连统的水泥长窗框，屋面山墙做水泥压顶条，石库门框做简洁水泥门套，施工质量也较好。

（十九）浙兴里——四平路 97 弄

位于兴业北里南侧，四平路（原溧阳路）与邢家宅路之间，由兴业银行投资建造，1927 年始建，1931 年建成。这是大型住宅区，总建筑面2.4万，共有234个单元。假三层，混合结构，新式石库门里弄住宅。总平面大部分按南北向行列布置，由于住宅规模较大，杂路口配置多层小菜场。住宅单元以单开间为主，底层平面是天井、客堂、楼梯间和厨房。楼梯间为围跑木梯楼，楼梯间边设狭长后天井，以改善采光和通风。二层设前楼和亭子间，亭子间与前楼错层，亭子间上设晒台。在二楼前楼利用三角形木屋架空间设假三层，近年为改善居民住房条件，部分住宅朝南屋面升高开设低窗。外墙为红砖清水墙，石库门门套采用水泥汰石子做法，这是20世纪30年代新工艺的标志。现在该里仍有居民居住，只是小菜场南侧住宅因建造地铁站拆除一部分，小菜场改为新华书店。

（二十）余庆坊——四川北路1906弄

位于四川北路与长春路之间地块。总面积坐北朝南行；列式布置，设中轴线两侧平行排列，共布置7列，每列有20多个单元。大部分为单开间，在尽端设二开间，共有172个单元，总建筑面积达22500平方米，属于上海近代大型石库门里弄。该里弄建于20世纪初期，二三层砖混结构，除了石库门基本格局外，其特点总体布置十分整齐，建筑立面用青砖清水墙砌筑，在地面处设40厘米高水泥勒脚，还在约2.5米高处设水泥腰线，腰线下砌红砖清水墙，二层亭子间上面设晒台，厢房外装置的铸铁栅图案精美。余庆坊现已列入多伦路历史文化保护区范围，经过整修后十分整洁。

（二十一）淮海巷（霞飞巷）——成都南路99弄

1912年建造。仅有一条弄堂，坐北朝南布置一排上海早期新式石库门。砖混结构共有8个单元，总建筑面积2278平方米。沿街单元三开间，里面 2 至 7 号单元全是二开间，弄堂底原来是一家木行。建筑体量较大，胥砖外墙上水泥窗框较宽，玻璃木窗外再装木质百叶窗。最突出的是西式柱式石库门套，显得很有大家之气。二层挑出的水泥大阳台很厚实，标示着这批建筑已经脱离了木结构束缚，采用当时先进的钢筋混凝土技术。建筑施工精良，保存很好，近年经过整修后十分整洁，仿佛是刚竣工不久的石库门建筑，在上海难得一见。1 至 3 号单元，现在打通后改建为菜馆，外貌依然保持着石库门原貌。

三、广式里弄住宅

“广式”里弄住宅是在老式石库门后期阶段出现的一种住宅，这类住宅外观类似广州城市旧住宅，故俗称“广式房子”。上海在 1910 年至 1919 年陆续出现广式里弄，主要集中在虹口、杨浦、长宁、黄浦一带，选择的地段一般在杂工厂附近或地价较低的地方。居住对象均是工人、小职员、小商贩。“广式”里弄建筑行列式布置，单开间，一般不设天井，高为二层，底层层高 3.3 米左右，二层层高 3 米左右，立贴式木结构，蝴蝶瓦屋面，最体现与新老石库门里弄住宅不同的是底层正中开设双扇木板门，两侧开设木板窗；二层木板墙上开设木板窗。室内设上下水管道，几十幢房屋居民合用弄内给水站自来水龙头和弄内倒粪站。早期“广式”里弄有：通北路八埭头、九江路九江里、厦门路荣寿里、海宁路 590 弄等，后期“广式”里弄有：吴淞路 429 弄、昆山路 108 弄、西康路兰安坊等。

（一）华忻坊——杨树浦路 1991 弄至 2011 弄

建于 1921 年。杨树浦沿黄浦江的江岸是中国近代最早的工业区域，华盛机器织布局等一批纺织厂曾建在这里，不仅工厂规模大，员工多，还带动周边市政建设。华忻坊是其中规模较大的住宅区。占地面积 12900 万平方米，总建筑面积 16200 平方米，二层广式里弄住宅，共有 213 个单元，其中 25 个单元为沿街店面房。广式里弄住宅弄口过街楼与石库门一样，总体布置南北向连列式布置也一样，弄口过街楼与石库门里弄一样，单元平面布置取消了天井、客堂后划出一间卧室、利用客堂 3.6 米层高搭建搁楼。楼梯后部厨房层高降低 2.6 米，亭子间高 2.3 米，上面建水泥晒台。由于房屋间距仅有 4.26 米，为改善通风和采光，在前排厨房部位让出三分之一作为后天井。外墙青砖清水墙，取消了石库门六扇或八扇落地木窗，改为单扇木门和单扇木窗。这种根据石库门住宅改动住宅，标准低廉，适合工厂附近上班的工人和低收入职员租住。

（二）留青小筑——山阴路 112 弄、124 弄

两条弄堂房型相同，均建于 1932 年。由大陆银行上海行托部投资建造，高三层，砖木结构，红瓦屋顶，水泥拉毛墙面。三层设挑出水泥阳台，木质门窗，特别是临总弄窗口作为重点装饰。弄内假三层砖木结构住宅 51 幢，建筑面积为 5900 平方米。

（三）八埭头——平凉路通北路一带

八埭头原为提篮桥附近一片农田，19 世纪末黄浦江边的杨树浦路开设了许多工厂，雇佣大批工人，房地产商抓住商机，在此建造供出租的住宅和供应生活用品的商店。八埭头是

1908 年天主教会在此（福禄街）八埭二层砖木结构广式房子而扬名，每埭即每列，每埭 14 个单开间。福禄街广式里弄住宅底层平面天井、客堂、直跑楼梯、除厨房，二层仅是卧室。厨房是平房，这样可将二层的空间作为狭窄房屋间距的补充。坐北向南布局，南立面天井围墙中央石库门仅有水泥门框，没有门套和门头，十分简单。住宅南立面除木质门窗外均用木板围护，山墙为砖砌混水墙。现在正在拆除，可以拍摄到一些尚未拆除的广式房子。平凉路通北路一带广义都称为八埭头，有不少广式里弄，如通北路 133 弄 3 至 51 号广式里弄还完整保存着，但均是五天井和石库门，后门为平房厨房的形式。

（四）鸿安里——武进路 541 弄，南侧为海宁路 590 弄

建于 1905 年，由天主教会投资建造。弄内有住宅 243 幢，建筑面积 14933 平方米，是一条老广式住宅的现存实例。总体布局排列为行列式，单开间毗连。在单体平面上去掉了石库门及其前天井，总进深缩减，平面布置为前客堂，层数为二层，底层高约在 3.3 米左右，二层高 3 米上下。后有单层灶披间。此类住宅在结构、用料上比石库门里弄住宅稍差些。本宅南向立正面，底层正中有两扇木板门，两侧开木板窗；楼上正中有三对（六扇）玻璃木板窗。其上为人字形木屋架，蝴蝶瓦屋面，也有一部分为机平瓦屋面。其下为水泥铺设的地坪。

（五）永丰坊——四川北路 1515 弄

建于 1930 年，弄内有三层混合结构住宅 104 幢，建设面积为 11200 平方米，是一条新广式里弄住宅的现存实例。总体布局亦呈横向联排的行列式，单开间由原来的 4 米左右缩为 3.5 米；进深由 14 米减浅为 8.5 米；房屋层高由原来的 3.8~4.2 米，

改为底层3.3米，二层3米左右；房屋正面改用砖墙及玻璃门窗；屋面采用机制平瓦；后面原来单披灶间亦改为二层，与主屋连成一体。底层作起居室、卧室，楼上均为卧室，小楼梯置于房屋中部，取消了小天井，平面紧凑。

（六）张园——南京西路泰兴路

原是无锡人张书和的私人园林，名为味纯园，俗称张家花园，园地最兴盛时达70亩土地，是上海滩三大著名私人园林之一。1918年后把废，因南京路地价持续暴涨，房地产开发商纷纷瓜分张家园土地，建造当时人口激增房产需求急迫的石库门里弄住宅，形成众多里弄多种式样，有纯正的石库门住宅，也有西洋味很浓的石库门，总体看来石库门住宅的对象是高级职员、医师、律师、商人等属上海滩中产阶级人士。

著名的城市规划师沙里宁说："让我看看你的城市，我就知道你的人民追求什么。"石库门，大上海的城中遗韵，它既吸收了江南民居的建筑特色，又具有西方民居的特点。上海人对石库门的情感似乎超出了建筑的本身。因为石库门不仅居住过芸芸众生，也孕育过众多的名人哲士。从石库门走出的不但有陈独秀、鲁迅、茅盾、瞿秋白、邹韬奋、巴金、郁达夫等文化名人，更令人引以为傲的是，开国领袖毛泽东，敬爱的周总理，中国革命先行者孙中山先生，也都在石库门留下了他们学习和工作的足迹……

参考数据：《上海百年名宅、名楼》《上海的历史风貌》等。

光明的使者　精神的丰碑

他们用心血和智慧播撒着光明，他们在电力工程建设的广阔天地间编织着太阳般美丽的梦，他们，就是蜚声中外的上海久隆人……

每一次辉煌与感动，都留下他们探索与执着的身影；每一个精品和新品都凝聚着他们汗水与智慧的结晶。他们自强不息，用创造的音符奏响了一个个光明使者的交响乐章；他们与时俱进，用心灵的笔谱写出一页页光彩夺目的诗行。他们在城市电网改造、满足社会需求等方面发挥着举足轻重的作用；他们率先参与西部大开发建设，并积极拓展海外市场，使企业品牌的知名度、美誉度伴随着业务的延伸而与日俱增。截至2003年底，他们在工程领域方面，累计完成电力变配电站1585座，架空线路187.03公里，电缆的施工和排放14000公里。外环架路、大桥地铁、港口码头、绿地景观，留下了他们辛勤耕耘的汗水；雪域高原、西北边塞、革命老区、沿海重镇，留下他们拼搏奉献的足迹；在卡塔尔、印尼、阿联酋、巴林、巴基斯坦等国外重点电力项目中，也留下了他们奋斗的征程。

十年磨一剑，铸造的不仅仅是岁月的旧影，风雨中，他们众志成城。那是人性和人力的长城，久隆的长城，大海般智慧的长城。

上海久隆电力（集团）有限公司创建于 1995 年 7 月。

一个企业的发展可以折射一个时代。20 世纪 90 年代，特别是邓小平南方谈话以后，上海的经济发展举世瞩目，被人们称为“上海速度”。“经济要发展，电力要先行。”上海久隆电力（集团）有限公司是上海电力系统首家集团型、控股型企业，具有国家送变电工程专业承包一级资质、进出口企业资质、对外经济合作经营资质。多年来，集团始终坚持“以人为本、科技领先、创新发展、服务至上”的宗旨，视服务和质量为创业之源，视人才和技术为发展之本，用智慧、汗水和诚信赢得市场。截至 2005 年底，集团公司已拥有 6 家分公司、19 家控股子公司、9 家参股企业，年销售额超过 50 亿元，资产规模达到 60 亿元。1995 年，上海久隆集团的注册资金只有 1500 万元。10 年增长了 40 倍。久隆，靠什么跑出了“上海速度”？

企业发展人为首。多年来，久隆人紧密围绕企业主题战略，以建设和健全科技研发体系为重点。以“尊重人才成长、立足岗位成材”的人才观，以塑造和谐共进的企业文化为目标，实现了两个文明建设的双丰收。2001 年 4 月，上海电力系统的“元老”万善良担任了集团总工程师，万善良有着渊博的电力知识和 40 多年的工作阅历，岁月的砥砺使他成为电力确保和调度方面的专家。他懂管理，惜人才，又有全面指导工作的能力。他主张将科研发展与供电系统发展需要相结合，积极开展各类科研项目，推动电力工程向专业化、精细化方向发展。在工作实践中，他关心支持集团专业技术公司的工作，特别是电网运作数据计算、配电自动化改造、工程技术管理，他都事必躬亲。在他的带领下，久隆的科技人员取得了一项又一项的技术突破，并不断向更高的目标迈进。如今，万善良已经退休了，他那孜孜以求的精神依然是久隆集团的一笔宝贵财富。

“久隆”更是年轻人的舞台，一大批年轻人在“久隆”这个舞台上孜孜以求，刻苦钻研，找准了自己事业的坐标。2004年初，上海市经委提出要研发解决机耗能的“家电待机节能王”课题项目，这在全国是一个空白。上海久隆科技公司勇挑重担，由王康等人领导的节电项目组，秉持“早一天研制成投入市场，就能早一天节约用电”的理念，克服种种困难，多次反复试验，仅半年时间就完成产品设计、制造和生产。产品投入市场，立刻受到市民的欢迎。“家用待机节电器”已经申请了国家专利，并顺利通过上海市新产品新技术鉴定认证，成为上海市第一个通过评审的智能化节能产品。久隆集团用这种知己知彼的柔性纳贤引智机制，使众多的高素质专业人才聚集久隆，使一大批人才在企业需求的背景下真正进入角色状态。根深才能叶茂，作为一个电力多经公司，久隆集团在完成业绩的同时，最难能可贵的就是使员工熟悉并认同企业管理的核心概念，也就是完成了人的观念的改造。

当今的电力多经行业已经逐渐演进为一个集高科技、知识密集型于一体的行业。企业要取得长足发展，必须提高自身的核心竞争力。

集团公司成立之初就确立了“科技兴企”的战略方针，并不断加大人、财、物的投入，实现从科技“支撑”业务发展向科技“引导”业务发展的飞跃，并在业务操作层面实现了由“产品导向型”向“客户本位导向型”的方式转变；在管理层面上实现了由“面向经营”向“面向经营与管理”并重的转变。为此，久隆集团在组织、制度、人员等各个方面不断完善和加强，确保体系中各个环节协调配合，保证了研发体系的平稳、顺畅、高效的运转。其中，久隆集团与上海交通大学等研究机构共同开发的“供电行业服务质量评价”指数体系课题，创造性地建立了以供电服务质量为核心的三维评价方法，在理论研究深度、数据处理的精度、可以比较的信度等方面具有鲜明的特色。

发挥专业优势，树立品牌形象。久隆集团坚持发展专业公司，根据电力工程服务的不同种类，先后成立了电气试验、带电作业、GIS 开关等多个分公司。由久隆集团下属分公司独立承接的上海轨道交通明珠二期大木桥变 110 千伏 GIS 工程，充分体现了久隆的专业优势，带电作业公司是国内首家通过国际评定的不停电作业方式的公司，不停电作业技术的成功运用，大大提高了供电可靠率，使该公司业务量持续增加。“带电作业管理系统”的出台，使这项操作更严谨、更科学，更有章可循，先后获得了上海市“四个一”成果大赛一等奖、上海市“绿十字”竞赛一等奖。久隆的带电作业技术在温州、绍兴等地进行推广应用，受到当地电力同行的好评。久隆集团开发的电力企业集成总线 UIB，使系统投资在有序的管理之下得到合理回报，其技术水准在国内处于领先地位，沪北工程分公司电试班发挥团队力量，在 QC 成果上不断取得突破，其中“减少变压器预防性试验时间”的 QC 课题获得了上海海立杯一等奖、全国成果奖。

根据市场需求，研发高新产品。集团上下形成了创新争先、自我加压的良性竞争氛围。久隆集团牢牢把握住依靠科技兴企这把“金钥匙”，为员工搭起岗位成材的舞台，让他们与企业共同展翅腾飞。多年来，久隆人围绕着电力工程服务的难点、热点开展科技攻关，取得了累累硕果：“节能电子整流器”已安装在上海市部分道路照明系统，纳入中环线道路智能化可控平台，负荷测录系统已在上海电网中实际运用，“移动作业中间件平台 V1.0”也已成为重点新产品推出，“LMKC－0.72 0.5S 级开合式电流互感器”通过上海市电力公司产品鉴定程序，已经进入生产阶段；“电缆故障信号采集装置”也已列入上海市火炬计划和上海市电力公司电力设备采购名单；上百台在中环线等道路工程中推广应用。

一个党员就是一面旗帜，久隆的队伍走到哪里，久隆的党支部就建在哪里。在党组织的正确领导下，久隆在历史的沿革中蜕变得更加绚丽。

接受采访的上海久隆（集团）有限公司党委书记张德明说：“一个党员就是一面旗帜。久隆的队伍走到哪里，久隆的党支部就建在哪里。”电力工程在新世纪覆盖国民经济各行各业、社会各领域，变成人们生活中无处不在的“神经”。为了适应这一历史潮流，久隆集团紧紧围绕提升核心竞争力、实现跨越式发展的中心目标制订了企业发展战略，提出“把久隆建设成为具有国内同行业一流水准，技术领先的电力工程服务企业”的战略目标。久隆集团作为上海市供电公司的三产企业，经营业务广，与社会各界接触的范围宽。“先进的企业文化，共创和谐发展的科学发展观”始终是久隆集团追求的目标。多年来，集团公司在优质服务、热心公益等方面取得了显著成效，社会知名度和品牌影响力也不断扩大。

用真诚贴近客户，用关爱拉近与老百姓的距离。随着社会的进步和市场的变化，久隆人认为，优质服务的概念已不仅仅停留在“微笑服务”的层面，而应从客户端出发构建业务流程，使服务通道便捷化、服务内容个性化、服务手段创新化。久隆集团面对子公司多、人员分散、外聘人员多的状况，将年度目标与双文明建设一体化内容相结合，鼓励员工与客户广泛交流、积极沟通，据此在管理的各个环节采取切实有效的改进措施。比如在工程建设中，久隆集团和项目部把“便民、利民、不扰民”作为目标，广泛征询周围群众的意见，合理安排施工作业时间，保护施工现场环境，力争把噪音、环境污染等降到最低。集团就是通过这些广泛、有效的信息传播和双向沟通，争取社会及公众的理解和支持，集团“服务于心，力能永续”的企业理念在实践中得到升华。

积极参加公益事业，不断提升久隆品牌的含金量。在热心公益上，久隆人用慈善的义举回报社会，在多项大型公益活动中都留下包含久隆人深情的一笔，谱写了一曲曲动人的歌。2001 年 4 月，久隆集团本着“捐助一名学生，温暖一个家庭，成才一名学生，脱贫一个家庭”扶贫助学理念，为上海市久隆模范中学捐赠 300 万元人民币。他们把政府的帮困活动化为具体举措，让每位学子深切感受到久隆人的博大胸怀。在久隆集团成立五周年之际，集团推出了免费咨询服务，帮助市民设计家庭内部布线，获得了广泛好评。此外，公司积极协助政府行业部门，协办“3.15”消费者权益日，“9.7”全国质量月活动，参展“上海国际质量年会”“上海国际工业博览会”等大型活动，通过参与一系列活动，久隆的知名度不断提升，久隆品牌逐步走出电力、走向市场……

联手共建是真情服务、回报社会的有效载体。多年来，久隆集团先后与上海市政公司、上海机场（集团）有限公司、上海卢浦大桥工程指挥部、闸北交警支队、上海申通轨道交通等单位签定了各类“结对竞赛”协议书，共同向社会承诺在施工中做到安全、文明、优质、低耗，并及时沟通、解决在施工中发生的问题，强化各项便民、利民措施，认真履行各自职责。实现了“让政府放心，让市民满意”的社会承诺。此外，集团还经常与社区、街道等组织开展一些共建活动，得到了市民的广泛赞誉。久隆集团坚持共创和谐的发展观，打造了一个个生生不息的“共生圈”。

企业精神透射着一个企业领导者战略眼光与非凡的胆识。在成功与超越的交战之间，久隆人形成了具有行业特色的管理模式。

总结久隆的发展历程，久隆的精神是什么？久隆的精神与久隆的事业是一种什么关系？久隆的精神就是久隆人用纯洁的心灵谱写的美丽乐章，久隆精神与久隆的事业是一种鱼和水的关系。

久隆精神就是久隆人在“久隆”这个大家庭里找到归宿，并肩战斗、风雨同舟、荣辱与共、兴衰相连的一个命运的共同体。久隆的精神更是对个人与社会、自我与超我关系的哲学演绎！如果我们剔除一切非个人因素，将久隆放在中国国有企业的视野上。那么，久隆给我们留下了永久的启迪。首先，久隆是一个知识、学习型的企业。多年来，久隆集团制定了每周固定的业务学习制度，坚持重要会议精神及时传达学习。第二，久隆是一个教学、科研型的企业。多年来，久隆集团积累、总结实践经验，把感性知识系统地加以概括和提炼，汇编成《久隆人》一书。第三，久隆是一个激励、福利型的企业。多年来，集团公司对员工的福利实行制度化管理。此外，久隆还是一个拥有自主知识产权、拥有重大项目操作能力的企业。

如果说一个企业的创业史是一部发展史，而久隆的创业历程则是一座永不磨灭的精神丰碑。多年来，久隆人把企业的方针定位为“经济文明和精神文明两个文明一起抓”的战略经营思路。1999年至2003年,久隆集团连续五年荣膺上海市重合同、守信用百家优秀企业，2004年获得上海市合同信用等级AAA级企业，2002年和2004年，又两度摘得“全国用户满意企业”的桂冠，久隆人靠诚信服务和创新超前赢得了社会和用户的广泛赞誉！ 2002年至2005年，集团蝉联上海市重点工程立功竞赛优秀公司“五连冠”，2001年至今，集团一直保持着“上海市文明单位”的称号，并相继获得国家电力公司多种经营优秀企业、国家电力公司双文明建设单位、全国优质服务月先进单位、全国“安康杯”竞赛优胜企业、全国精神文明建设工作先进单位等荣誉称号……

登高望远，展望未来，2007年是上海久隆集团第三个“五年计划”实施的关键年，也是久隆集团发展战略付诸实施的关键年。随着上海经济的快速协调发展，电力供需矛盾日趋激烈，围绕国家电网公司“一强三优”和“三抓一创”的总体要求，久隆集团在上级公司的领导下，正抓住上海城市快速发展和电力需求持续增长带来的难得机遇，依托电力主业，重点增强公司“三大能力”，即：由各个专业施工资质集成的电力工程总承包能力、适应未来发展的市场开拓能力、面向电力工程核心业务和电力主业需求的科技研发能力，锻造“三支队伍”。即：凝聚一支懂技术、善管理的经营人才队伍，培养一支技术领先、经验丰富的专业技术队伍，打造一支能反映公司综合实力、代表公司市场形象的电力工程施工的“标杆”队伍，努力提升公司品牌的知名度和美誉度，同时积极开展企业文化建设，形成良好的发展氛围，促进公司各项工作的稳步、协调发展。这将作为落实集团发展战略的核心工程，意义重大，影响深远……

2007 年 2 月 9 日于上海

见证城市变迁　营造温馨彩虹

动迁，城市建设中的一道难题，牵动着社会的敏感神经。在谈到对城市动迁过程中的感受时，上海市虹口区动拆迁总指挥部常务副总孙士杰说：“城市建设的速度、动迁的进度、居民的配合程度,离不开动迁工作人员的热心和全力以赴的投入。旧区改造是利国、利民、利城市发展的大事。在动迁居民中，一部分家庭的经济条件和住房情况均比较困难，还有不少属于特殊群体。为了提高和改善居民的居住环境，动迁工作一定要做好做细。”

今年 66 岁的孙士杰，1987 年部队转业后一直从事城市建设工作，曾任上海市虹口区建委副主任、虹口区建设局局长、虹口区住宅建设开发总公司总经理等职务。多年来，孙士杰对虹口建设倾注了大量的心血和智慧。从城区改造的调查研究到城区规划方案的提出和论证，可以说孙士杰是虹口旧城改造的重要见证者、组织者和协调者，也可以说孙士杰和他的团队在政府、居民、开发商之间营造了一条温馨的彩虹。一向豪放且幽默风趣的孙士杰，在工作之余总是喜欢与人聊天或是研修法律。在他身上，法律的公正严谨、诗人般的激情、指挥家的魄力，完美地融合在一起。

“旧城改造是最大的民生工程！”

“旧城改造原来对企业是香饽饽，如今却成了烫手的山芋。如何改善更多市民的居住条件，动拆迁工作怎样开展，是上海市以及其他地区在改造旧城中遇到的新课题。”孙士杰讲话相当理性，也很有哲理。他说：“很多传统的生活方式以及城市中原有的人际关系，随着旧城的改造变得支离破碎。那么，进行旧城改造是为了什么？怎样的旧城改造才能为祖先及后辈交出一份完美的答卷？旧城改造不是简单地推倒旧房子，盖起新房子，而是为人们创造高质量的生活模式与空间。”

孙士杰智慧的双眸中闪烁着时代的火花，“旧城改造”的概念已经在他脑海深处思忖良久，孙士杰也因此被人们称为动拆迁工作中有名的“智多星”。他说：“旧城改造是一项最大的民生工程，改革开放 30 年，上海城市发生了翻天覆地的变化。然而大上海繁华的背后，总有一些“独特的风景”：每天早上，一些棚户区的居民端着马桶从低矮的阁楼里走向公共厕所。我们搞动迁的目的就是让这部分人的居住条件有所改善。”

“动迁不是解困，但动迁一定要动情。”北外滩地区改造工程对于虹口动拆迁总指挥部来说，是一个巨大的挑战。这里在改造之前，不但危棚简屋多，下岗工人和老弱病残人员也比较集中，动迁居民对动迁期望也较高。指挥部根据实际情况把动迁范围内的特困户分成4类，即重症病人、低保户、双下岗户、孤老户。对积极配合动迁、在规定时间内搬走的住户给予奖励。他们在为动迁户寻找房源时，尽可能保证交通便捷，以降低出行的交通成本。动迁推进过程中，也出现一些新情况、新问题。比如，居民动迁后岗位无法“跟着走”，虹口动拆迁总指挥部在政府支持下，积极探索动迁和就业联动的新机制，让新居附近的公益性岗位优先安置动迁居民。上海轨道交通10号线是上海世博会的配套项目和上海交通发展综合开发的重大市政工程之一，虹口段约3000户居民需要全部动迁。面对时间紧、任务量大、被拆除房屋类型复杂等困难，指挥部选派精兵强将的同时，还把以往单一工作结果考核计奖方法，变为以绩效考核为主线、结果与过程相结合的工作方法，取得显著效果。

孙士杰说：“在城市变迁的背后，上海人有一种对弄堂记忆的失落，但更多的是对国际都市生活的收获。”比如，靠吃租金过日子的小王，现在上海市中心有一套公寓，月租金上万元。小王几年前还是虹镇老街一个普通的市民，现在他仅靠租金就能过上富足的生活。新社区的精彩生活，即便是上了年纪的上海人也能从中受益。他们从弄堂走出去，依然可以体会社区大家庭的温暖：吃罢晚饭去社区健身中心和几个志同道合的朋友打乒乓球；或者在周末带着小孙女去社区内的花园里看文艺演出；社区有新安装的各类健身器材，经常会有来此活动的健谈老人跟你一起探讨养生之道，你也不会感到寂寞；当然，你也可以去街道空地上和大家一起跳广场舞。在绿色生态、生活配套设施齐全的同时，无论是老人还是孩子都可以感受到生活的美好以及社会的和谐。随着旧城改造工程大规模展开，上海城市变得更加繁荣，也更富时代气息，狭小嘈杂的弄堂开始被上海城市欣欣向荣的新社区取而代之……

“我不做，总还会有人去做！”

改善更多市民的居住条件、改造旧城，是上海市政府的重要工作。全力推进旧区改造是虹口区贯彻落实党的十七大精神的一个主要突破口，按照市委、市政府关于“促发展、调结构、抓统筹、重民生”的部署，准确把握虹口发展的阶段特征，以科学发展观统领经济社会发展全局，是加大城市建设发展力度的重要举措。孙士杰总是对新的政策法规、文件的出台及时把握、消化，然后迅速传递给负责动拆迁工作的公司。2002 年 1 月，虹口区抓住黄浦江两岸综合开发和 2010 年“世博会”在上海召开的历史机遇，作出了“航运虹口、两翼开发”的战略部署。上海虹口区动拆迁总指挥部积极配合虹口区委、区政府等各有关部门的同时，还积极同相关街道办事处、居委会和房地产开发商进行协调，让他们在第一时间准确落实文件精神，通力合作，团结拼搏。指挥部副总指挥冯小宁介绍：“老孙当时原本到了在家享清福、抱孙子的年龄，由于动拆迁工作比较繁重，政府部门特意把他留下来，老孙是虹口区迄今为止唯一超期服役的‘老兵’。”

“老百姓和动迁居民不容易，动迁工作要以德尽责，将心比心，用真诚的感情、贴心的语言、亲和的方式，耐心做工作。”从接到北外滩基地动拆迁任务伊始，指挥部就给所有动拆迁公司员工下了一道“命令”：即管好自己的嘴巴，不讲脏话、狠话、气话；管好自己的眼睛，不吹胡子瞪眼；管好自己的手脚，不动手打架。对到场洽谈的居民要一张笑脸相迎，一把椅子相让，一杯热茶相敬，一股热情相谈，一句暖话相送。接待中，要详细记录居民的每一次谈话、每一个要求，讲透政策，千方百计为居民群众排忧解难。在虹拆总指挥部，孙士杰总是提倡一种“和谐工作法”，在动迁工作的细微进展中达到一种和谐。春风化雨露，旧貌换新颜。如今，动迁改造后的北外滩地区已实现了城市功能、建筑形态和生态环境的完美结合，形成融国际航运服务、中央商务、现代商业、高档居住和滨江休闲为一体的发展区域，成为新世纪上海的新亮点。改建后的四川北路也成为上海新的购物、休闲天堂。

孙士杰说：“动拆迁工作是关乎老百姓、政府、开发商之间的一件大事，一定要做好做细。”虹口动拆迁总指挥部除了坚持依法动迁、阳光动迁、维护政策的一致性以外，还通过创新工作措施，采取公司员工捐一点、相关单位出一点、专项经费拨一点的办法，专门成立了“爱心捐助基金”，破解动迁矛盾中最为重要的资金因素，对按照阳光动迁政策无法解决的特殊情况，指挥部经过层层把关，严格审批程序，从“爱心捐助基金”中拨款，解决动迁居民的实际困难。家住武进路的一位年迈的老红军，尽管政府多方扶持，但生活仍比较困难。对此，虹口动拆迁指挥部经过研究协商，决定在解决补偿安置的同时，从“爱心捐助基金”中拨出专款，从而妥善处理了拆迁矛盾。老张是北外滩动迁基地最后签约的一户，按要求，他是一个依法强迁户，就在动迁工作人员把家具等物品装上车的最后一分钟，他签下了动迁合同。在谈到动迁工作的苦衷时，孙士杰说：“干一行爱一行，是一个共产党员的职责，我不做，总还会有人去做！”

“虹镇老街仍是一块难啃的硬骨头！”

2008 年春节后上班的第一天，孙士杰依旧像往常一样早早来到指挥部。他的步伐依旧是那么坚定，他的思维依旧那么清晰。他这回是要下达一份重要的文件指示精神。为切实落实市领导关于加快旧区改造的有关指示，虹口区委区政府对推进虹镇老街地区旧区改造做了深入的调研，提出了力争从现在起的 4 年内即 2011 年基本完成虹镇老街地区旧区改造任务的总体目标。虹镇老街地区旧区改造地块是上海市危棚简屋“365”改造的积存地块，也是全市近阶段旧区改造 4 个重点改造地块之一。截至目前，整个虹镇老街地区还需动迁居民约 13800 户。历史上的虹镇老街曾是一个繁荣的集镇，由于历史原因，虹镇老街地区私房多、违章建筑也多，而持有房屋产权证的户数少，动迁操作程序也会变得十分复杂。孙士杰介绍：“这次推进虹镇老街地区旧区改造是一次综合各方力量实施的‘大兵团’作战。对动迁队伍素质、有关部门、单位的配合和开发商的积极性都提出了新的要求，必须相互配合默契，步调一致，才能夺取胜利。”

为了啃下虹镇老街这块“硬骨头”，虹口动拆迁总指挥部对每个基地动拆迁公司都进行了全面的战略部署：第一，要营造良好的工作条件和动迁氛围。针对违规出租、群租、私房权证不清、乱搭乱建乱设摊、无证经营等状况采取联动工作机制，加以清理、整顿。第二，要强化总指挥部的统一协调职能，加强动迁工作力度。总指挥部在确保按时间、目标、节点完成市、区重大工程建设动迁任务的同时，加强了对整个虹镇老街地区旧区改造的领导。第三，要加强与区相关部门、街道、派出所、动迁公司、投资开发商联系、沟通与协调，针对动迁推进中的问题积极开展调研，采取切实可行的措施，及时指导各动迁基地，加强日常管理工作，确保完成今年动迁工作目标。第四，坚持发挥街道在动迁推进中的协调作用。要充分利用街道一级的维稳化解平台，做好人口认定，特困户认定工作的作用，实施依法动迁、阳光动迁、科学合理控制动迁成本。第五，加强组织领导，充实队伍，加强培训，提高动拆迁队伍整体素质。

动迁难，除了政策性强、牵涉面广、思想工作复杂外，还必须切实维护拆迁双方合法权益，控制进度，控制质量、控制成本，要统筹兼顾，平衡协调推进，这就要求我们要密切关注形势发展，不断发现新问题，善于解决新问题，要创新工作思路和工作方法。孙士杰介绍说：按照今年虹镇老街地区旧区改造动迁工作计划，各动迁公司要将瑞虹 4 号、6 号，瀛联 166 号地块和飘鹰地块拔点。在形成广大共识的基础上，指挥部还对各动拆迁公司提出具体要求：第一，严格按操作口径进行统一实施。第二，在坚持依法动迁、阳光动迁、文明动迁的基础上，采取司法提前介入、律师服务、居民代表参与等行之有效的办法。第三，各动拆迁公司在具体工作中要不断探索各种民主监督机制，做到清正廉洁，取得广大被动迁居民的理解和支持，共同构建和谐的动迁基地，确保动迁基地在稳定中又好又快推进。第四，指挥部与各动迁基地领导责任人签定了“军令状”，并将工作目标分解落实到每一档工作人员身上。

“感谢政府、感谢居民，感谢团队！”

“动迁工作是一项系统性、社会性特别强的工作，因其关系到‘改革、发展、稳定’的大局。作为一个专门负责动拆迁的部门机构，上海虹口动拆迁总指挥部从事着党和政府交给的艰巨的拆迁工作。我们更是把此看成是一种义不容辞的社会责任。”孙士杰说。为此，部门领导实施重大问题亲自接待，关键问题亲自落实；与此同时，虹拆指挥部还积极策划并举办了“抓先进性教育、破动拆迁难题”开放型主题生活会，尽可能促进与会居民中的党员最终签约。指挥部还根据政府新要求、政策新变化、百姓新需求、市场新方向，对传统工作模式进行创新。为此，公司建立扁平式管理运作构架，主要是减少中间管理层次，把决策权放到最掌握信息的层面上去。多年来，指挥部以精神文明创建为抓手，通过定期组织信访学习专题报告会、动迁业务学习专题会等，提高全体员工的积极性、创造性和党员的先进性。每一次接到动拆迁任务时，指挥部都对上级部署逐项分解，要求党员干部面对党旗庄严宣誓，牢记为人民服务的宗旨。

“只要我们动迁工作人员深入细致地了解每户居民的实际情况，耐心细致地做好思想工作，以心换心，把政府的阳光、温暖带给每户动迁家庭，动迁居民最终还是会理解的，也会支持城市建设的。”

孙士杰说：“虹口动拆迁指挥部要求各房产动拆迁公司对房屋拆迁补偿安置结果实施多种形式公开制度，让群众吃下定心丸。在阳光动迁的基础上，一种和谐与互信悄然生成，并且出现不少居民排队签约现象。四川北路的动迁居民凌女士望着住了近半个世纪的旧居，笑容中透出一丝留恋："我是舍不得，但轨道交通建设是为老百姓造福，能为上海的发展做一点贡献，我们走得开心！"家住溧阳路的毛老太在动迁中舍不得离开老房子，工作人员几次上门，向老人描绘发展蓝图。七旬老人最后爽快决定："签！我还要告诉周围邻居，早签约早得益；早搬迁，这里的发展就能更早一点。"城市发展的每一步都浸润着市民深深的爱。居民们用排队签约、速迁速搬等各种方式，表达他们对动迁工作的支持，表达他们对上海这个家园的热爱。

一个个动拆迁基地的按期交付，一个个楼盘的迅速崛起，这其中饱含了一个指挥家的勇气和魄力，一个创业者的艰辛，同样也蕴含了一个哲学家的睿智。多年来，上海虹口区动拆迁总指挥部通过采取文明动迁、和谐动迁、阳光动迁以及快乐动迁等一系列措施，一次又一次完成党和政府交给的神圣而又光荣的任务。指挥部的全体"官兵"几乎没有节假日，他们用真情和实干，为虹口旧城改造挥写出一曲曲精美的赞歌。他们是时代的先锋，他们是建设的功臣。面对鲜花与掌声，孙士杰要说的是："首先，我要感谢政府对我多年来工作的支持和信任；其次，要感谢所有支持我们动拆迁工作的居民；最后我要感谢我们的团队，正是因为我们有一支强有力的队伍，才能完成一次又一次的战斗任务。"

在虹口动拆迁指挥部简陋的会议室里，孙士杰总指挥还特意安排我们认识了上海中虹动拆迁实业有限公司总经理陈重五。孙士杰说："陈重五是虹口区优秀共产党员，他所领导的公司连续多年蝉联上海市重大工程立功竞赛先进集体称号。"如今，时代正聆听着"百年虹镇"苍老的呼吸，也许

4 年之后，林立的高楼和葱翠的绿地将彻底改变这块土地的容颜。孙士杰将再一次见证一个城市群落成长的轨迹。“新与旧”“破与立”，已难分辨是悲是喜，只有那些故事和影像幻化成希望的彩虹，在这座城市的记忆里生生不息……

2008 年 3 月 11 日于上海

百年沧桑王府井

林语堂在《京华烟云》中这样写道：“因为在老北京，刹那与万古没有什么分别。别处的数百年，在北平只是几段瞬息的时刻，在其间，由祖父至孙子，生活的传统，绵延不断。因为在老北京，大家都能够等待，在等待中由少而老，但是百年如一日，虽说由少至老，实则从未变老。”提起北京城，没有谁不知道王府井的，可以说，王府井是北京的窗口，名副其实的“中华第一街”。王府井位于繁华闹市，既有厚重古韵又时尚前卫；既孕育众多中华老字号，又吸纳外来西方文化；既包容古老的商业文明，又聚集了全球知名品牌。古老的，随着岁月更迭，日见其沧桑；新潮的，追着时代的速度，愈加光彩熠熠。不同历史阶段的空间、文化、商业特征重叠累加，使“王府井”这块黄金宝地始终像磁铁般汇聚着各类人群的需求，成为一个历久不衰的市井繁华之地。王府井，为辉煌的历史年轮，它有足够的资格自豪；王府井，为繁华的现实光环，它有无限的信心骄傲。

人文：从历史走向未来

王府井大街定名于1915年。辽、金时代，王府井只是一个不出名的村落，到了忽必烈定都北京之后，这个小村落开始热闹起来，并有了“丁字街”的称呼。《乾隆京城全图》和民国二年（1913）《实测北京内外城地图》对王府井的位置均有标注。王府井的“井”，于20世纪20年代被湮没，1998年王府井大街整修时被发现，1999年9月9日进行了保护。“井”可以说是王府井大街的“根”。其实，王府井的历史当追溯到2500年前。1996年东方广场在施工时发现了旧石器晚期的文化遗址，这也是在北京城中心首次发现了古人类生存的历史。清光绪十一年（1855）《京师坊巷志稿》记载：北京内外城共有水井数1258个，大多水质咸苦，只有极少数甘甜，能饮用的不多，而十王府井则在甘甜可用之列。在威莎（WEEKEND）店前有用铁链子圈起的井盖，记录着王府井得名的缘由。此街始建于元代至元四年（1267），历有“十王府街”“王府大街”之称。

明代官书《明成祖实录》上说：“永乐十五年六月，于东安门下东南，建十王邸，通屋为八千三百五十楹。”10座王府竟然建有8350间房子，平均一座王府有835间房子，可见其规模庞大。按照此书所说，当时所见王府的位置在“东安门下东南”。东安门，它的位置在东华门的东边，如今已经见不到了。过去的老北京人都知道，北京有三道城墙：一是紫禁城，以东华门、午门、西华门、神武门为标志，形成东、西、南、北四门的长方形格局，也就是我们今天所见到的北京故宫；二是皇城，以东安门、天安门、西安门、地安门为标志，也形成了东、西、南、北的长方形格局；三是北京城，就是从明代以来的内、外城的格局。如今东安门已演变成今天王府井大街上的东安市场。据老北京人说，明代的十王府就在烤鸭店的帅府胡同到长安街一带，与史书上所说的在“东安门下东南”位置相差不远。从时间上看，至少到了明朝嘉靖皇帝的时候，这一带已经叫“十王府”或“十王府街”了。

王府井大街又叫“十王府街”或“王府街”。为什么叫这个名字呢？因为明朝皇帝朱棣要迁都北京，在北京大修土木，重新修建了北京城。当时的北京城，放弃了德胜门外的大片土地和北面健德、安贞二门、东面光熙门、南面隶清门，在北面砌上了一道城墙，并且重新修建了两个城门，就是今天的德胜门和安定门。南面最初没有动，仍然在原来的位置上，到了后来的嘉靖皇帝时，为了北京城的安全，又在南面修建了一道外城，一直修到永定门。这样，北京城的建设就基本上完成了。由于清代沿用了明代北京城，除了在一些地方增修之外，北京的内城、外城等大的格局都没有改变。《宣宗实录》记载：“宣德三年四月，新作公主府三所于诸王府之南。”明代皇帝在北京修建王府和公主府，可惜的是，我们今天一点儿也看不见明代王府的样子了。不过令人欣慰的是，今天我们所熟悉的王府井大街，其中的王府就是指明代的“十王府”。

王府井大街南起长安街，北至五四大街，全长约 1.8 公里，是老北京商业一块响当当的“金字招牌”。过去，北京的水井很多，1949 年以前，老北京带“井”字的胡同竟有 87 条之多。“胡同”一词源于蒙古语 Hudag，意为“水井”。明代张爵在《京师五城坊巷胡同集》中记载，当时的十王府旁边有一个“甜水井”。清代人朱一新在《京师坊巷志稿》中注明“王府街”有“二井”。如此说来，王府街确实有“井”，那么，王府井的“井”到底指的是哪一口呢？《王府井的传说》中有过这样的描述：王爷府中有一口水井，井上有一座精巧玲珑的亭子，井口是一块大石头凿出的圆孔，井沿很高，井南就是王府大院。据此推断，王府井的“井”，曾是人民日报社的旧址。从 1949 年 1 月 31 日起至 19 世纪 80 年代，范长江、邓拓等文化名人均在此办公。一个远离市井气息、充满文士风骨的记忆，就这样烙印于时光之轮。

兴盛：从时间走向空间

“车如流，客满满，兴冲冲。观光到太庙，逛街王府井。”王府井的兴旺是从清末开始的，这与临近东江米巷使馆有关。王府井商业区从商店到货物都具洋式特点，洋货在这里流通，传入寻常百姓家。东安市场原是清政府赐给降将吴三桂的封地，吴三桂起兵反清后，这片封地逐渐成为八旗兵神机营练马场。清朝中叶以后，这里又成了一片空地。光绪年间，东安门外的御道改修成马路，因为靠近东安门，人们称它为东安市场。东安市场早期的民风、民俗可以从张希广的《东安市景图》中看到，该图描绘了 20 世纪 30 年代东安市场商业活动的经典瞬间。东安市场占地面积 30 亩，两旁的摊贩集中到这片空地上做生意，来来往往，十分活跃，其中有穿西装皮鞋者，也有穿长衫马褂者，爱喝牛奶咖啡的不少，钟爱豆汁的也不乏其人。随着东安市场与王府井大街的繁荣，这里便成了北京的繁华之地，车马云集，人声鼎沸，艺人如蚁，游人如鲫。而更多的北京人则聚集在了天桥，观赏着廉价的表演。

一座城市的成长与演变，离不开建筑的源起与兴盛。1955年9月25日，号称“新中国第一店”的百货大楼迎来了开业典礼。开幕式刚刚结束，顾客就如潮水般拥入货场，全天累计达到16.4万人次。在随后的一段时间里，百货大楼每天都是人挨人、人挤人，售货员没有一天能按时下班的。一到节假日，店前就会排起购物的长队。到了第二年，百货大楼愈加鼎盛，商品种类达到了两万多种。当时北京人有句话：百货大楼买不到的东西，您哪儿也别去了。顾客依然摩肩接踵。二楼鞋帽柜台前常年都装着铁杠子，就是怕挤坏了柜台。生意火，销售业绩也噌噌地往上蹿。头一年的销售额就达到了几千万元。在此后的若干年里，王府井这条商业街，始终不断地进行着自身的新陈更替。在商品奇缺的计划经济年代，买东西免不了要排队。无论老“三大件”（手表、自行车、缝纫机），还是新“三大件”（冰箱、电视机、洗衣机），排队购物成了王府井大街上的一景，很多长队，一排就是整整一宿。

20世纪80年代初，王府井大街新华书店门前又多了一条长队。还不到开门的时间，书店门前已人头攒动，从十几岁的孩子到六七十岁的老人都有。王府井书店那单薄的四层小楼，承载了一代人的求知热情。1994年11月13日，王府井书店里被挤得水泄不通。夜幕渐垂，书店全体店员穿戴整齐，列队店中，向来往顾客行礼致敬。这是王府井书店最后一天营业，和它相伴相生的，是王府井大街浴火重生的六年改造。王府井大街的整治规划，将其定性为“北京商业第一街”，商业风格以“现代”“新潮”为主，整治改造后的王府井大街，从金鱼胡同到与长安街相界的南口，810米长略呈波浪形的大街两侧分布着12个大型商场，除原有的百货大楼、工艺美术大楼、穆斯林大厦、外文书店、协和商场、新东安商场外，还新建了百货大楼新楼、东华服装、明辉大厦、好友世界、丹耀大厦、东方广场等六个大型购物娱乐商务综合性商厦，大型商场一条街的格局在北京可谓是独一无二的。

1999 年 9 月 11 日 19 时 30 分，写着“王府井”三个大字的 70 平方米紫铜巨匾揭开幕布，百年老街迎来了新生。重建后的王府井改成了步行街，全聚德、东来顺、瑞蚨祥、四联美发、中国照相、亨得利钟表店……原先搬走的老字号一家家地全回来了，东华门的小吃还是那么地道。一座座生动的铜像回顾了尘封的京城旧事。崭新亮相的王府井大街，在古朴典雅中透着一股京味儿。重新修建的这座天主教堂成了街上一处难得的景观。独具慧眼的新人们，迅速地把这座罗马风格的天主教堂变成了拍摄婚纱照的不二宝地。从南口北京饭店入街北行，只见牌匾高悬，店铺森然，人头攒动，如流水一般，从早到晚，每天进入这条街的中外游客多达百万人次。与此同时，西单、建外、亮马河等一家家商场风生水起，赛特商圈针对的是京城首批白领和驻外人员，燕莎价位虽高，却也有人捧场，对于追求时尚的年轻人，西单则成了必选之地。历经百年沧桑，王府井大街仍是北京人心中的那条“金街”。

融合：从古今汇聚中外

王府井这条大街，它是商业化和古典元素完美的结合。随着时代的发展,王府井大街的古老建筑和四周的商铺交相辉映，为这条大街带来了很大的名气，也招揽了许多的游客。改扩建以后的北京王府井大街，已成为北京城中最耀眼的平台。在这条街上的许多老字号商铺，都非常具有历史代表性。在这里，有着许多大家耳熟能详的名店以及名店的故事。比如，始创于1902年的“同升和鞋店”，是北京著名商标，曾为毛泽东、周恩来、刘少奇、彭真、杨尚昆等国家领导人制作皮鞋。建华皮货服装公司的前身为德源兴，其“雪花牌”“雪龙牌”都是优质产品或著名商标。承古斋原名崇古斋，由宣统皇帝之老师书法家陆润庠题写匾额。盛锡福始创于1911年，其帽子以用料考究、做工精细，毛主席、周总理、刘少奇、陈毅以及朝鲜金日成主席、印尼苏加诺总统、柬埔寨西哈努克亲王等国家领导人、外国政府首脑都曾在这里订做过帽子。有“中华第一涮”之美称的东来顺，更是我国清真菜系的特色代表。

王府井大街，在国外又称“莫里逊大街”。莫里逊为澳大利亚籍英国人，在1897年，莫里逊担任英国《泰晤士报》驻北京办事处的记者，1912年，莫里逊受邀担任袁世凯的政治顾问。袁世凯当上皇帝以后，为了感谢莫里逊，将莫氏居住的王府井大街改为莫里逊大街，并在街上立起了英文路牌。北京王府井步行街，位于东单三条至金鱼胡同段，紧邻天安门广场，可谓寸土寸金，涵盖了各种高端奢侈品品牌和各种北京特色美食。王府井大街新燕莎金街购物广场，游人如织，观光巴士每天有条不紊地运行着，载着一批又一批的游客，游览着北京天安门故宫前门等核心景区。许多中外游客在这里享用全聚德烤鸭等北京老牌美食，体验北京大都市的时尚和繁华。王府井步行街两边是各种老牌商铺，风格以“新潮现代”为主，而中间的主街十分宽敞，地面由花岗岩铺成。步行道旁边也很贴心地设置了座位供游人休息，许多国外留学生也把这里当作游玩的首选之地。

吉祥大厦落成后，王府井大街也有了丰富的文化生活场所。街道上几个《都市风情》雕塑小品，也让人想起了老北京的生活，由板儿车，想到老舍笔下的《骆驼祥子》，由卖艺想起了日渐消失的北京特有的韵味，旧时代维持生计的艰辛没有了，市井间的融融温情却也冷淡了。在与王府井大街相交的灯市口大街上，建有老舍纪念馆，在这里可以看到老舍各个时期的作品的雕塑。《五牛五福》的雕像取材于古代名画《五牛图》，《五牛五福》是传统文化和现代工艺的结合，正好与王府井大街的气质相符。五头如真牛般高大的庚彩铜牛，或行，或立，或俯首，或昂头，姿态生动，颇具神韵。五牛即五福，象征着长寿、富贵、康宁、好德、善成，祈望五福临门、国泰民安。

扩张：从品牌走向连锁

名牌之所以成为名牌，是因为它在消费者心目中广为传播、备受赞誉、可信度高，是因为它能提供高质量的服务。北京王府井百货大楼前矗立着一位普通售货员的塑像，那就是张秉贵同志；作为一名优秀的共产党员，他以“为人民服务”的热忱，在平凡的售货员岗位上练就了令人称奇的“一抓准”“一口清”技艺和“一团火”的服务精神，成为新中国商业战线上的一面旗帜；在他生前，许多外地顾客慕名而来，就是要为了目睹他那令人称奇的技艺和“一团火”的服务精神；张秉贵被誉为“燕京第九景”，是首都人民群众对张秉贵售货技艺的美誉。张秉贵，1918 年出生于北京，11 岁时便到纺织厂当了童工，17 岁到北京一家杂货店当学徒。20 世纪 50 年代初，即将开业的北京百货大楼招聘营业员，36 岁的张秉贵因有“多年的经商经验”而被破格录取。张秉贵同志从1955年11月到百货大楼站柜台，30多年的时间接待顾客近400万人次，没有跟顾客红过一次脸，没有怠慢过任何人。

如果把企业文化比作是树的根的话，那么品牌文化就是魂。“一团火”精神，是王府井百货企业之魂，是中国商业追求自我完善的象征，被树为商业的旗帜。多年来，王府井百货培养出以张秉贵为代表的7位全国劳动模范、数十位全国商业系统和北京市的模范。“一团火”精神，已成为公司企业文化的重要组成部分。半个世纪以来，王府井百货以先进的理念、骄人的业绩，使企业获得国家及地方的各类荣誉300余项，是当之无愧的荣誉企业。王府井百货集团是中国零售业综合实力最强、知名度最高的企业之一。多年来，王府井百货荣获的荣誉有：全国红旗单位、全国优秀企业金马奖、全国城市商业服务文明经营示范单位、中国零售百强企业、全国先进企业、重合同守信誉单位。在商务部公布的全国连锁经营30强中，王府井百货位居百货业连锁企业第一位。北京王府井百货（集团）现已成为国内专注于百货业态发展的最大零售集团之一，王府井百货已成为“王府井”品牌与内涵的承载体。

产品的物质效用与品牌精神高度统一的完美境界，能超越时空的限制带给消费者更多的高层次的满足，在消费者心里形成潜在的文化认同和情感眷恋。自2010年以来，北京王府井国际品牌节已成功举办五届，逐步成为“高端化、品牌化、国际化”的品牌盛会。多年来，王府井大街通过搭建国际友城和国内外著名商业街区交流合作平台，吸引了众多国内外高端品牌。本届品牌节涵盖国际交流、评选发布、文化艺术和品牌展示四大板块活动。其中，多种活动均为王府井国际品牌节首次引入。比如，中华老字号技艺展、故宫文化主题文创展、纪念张秉贵诞辰一百周年活动及“宝力豪健身形象大使”王府井选拔赛总决赛等活动。其中，中华老字号技艺展以“弘扬文化　传承技艺”为主题，组织同仁堂、全聚德、东来顺、商务印书馆、北京剧装厂、大北照相、吴裕泰等10余家老字号企业进行品牌推展，充分展示北京中华老字号的非凡匠心和工匠精神。

如果一个品牌成为某种文化的象征或者在生活中形成习惯的时候，那么它的传播力、影响力和销售力是无法估量的。伴随着王府井百货在全国的迅速发展，一团火精神撒播到中华大地。王府井百货已与100多家重点品牌企业及众多功能资源客户签订了战略合作协议，与雅诗兰黛、兰蔻、迪奥、香奈儿等一批一线化妆品牌以及麦当劳、肯德基、必胜客等功能客户建立了合作关系，截至目前，“王府井”已在全国运营多家大型百货商场。包括：北京的北京市百货大楼、东安市场、长安商场、双安商场、大兴王府井，以及天津西青精武镇王府井、广州王府井、武汉王府井、成都王府井、包头王府井1、2号店、重庆王府井1、2号店、长沙王府井、呼和浩特王府井、洛阳王府井、西宁王府井、乌鲁木齐王府井、太原王府井、昆明王府井、株洲王府井、兰州王府井、抚顺王府井百货、焦作王府井百货、鄂尔多斯王府井、成都2店王府井、唐山王府井、大庆王府井、福州王府井、西安王府井……

涅槃：从店商走向电商

“电子商务的发展势如破竹，发展速度远高于社会消费品零售总额的增速，对传统零售业市场亦造成巨大冲击。”购物已不再专属于市中心的大型商业区了，居民区附近的各种档次的商场、超市，使人们购物更便捷，选择更多样，王府井百货在复杂多变的市场环境中，在2016年调整战略，合并了市场部、电商公司和全渠道项目组，成立了全渠道中心，向全渠道和以顾客需求为主进行转移。此后，王府井集团调整的方向继续向基层下沉，并向资源管控转型。原市场部的职能从平面化向移动端转移；原电商公司职能从经营实体向服务实体门店转移。全渠道中心的成立提高了顾客经营能力，实现了线上线下顾客的充分互动。

在转型这条路上，王府井百货进行了多年的探索。其间也不断调整方向，从 PC 端到移动端，从模仿电商到认准全渠道，从迷茫到坚定，成为中国传统百货公司转型的典型代表。早在 2007 年，该公司就开始尝试发展电子商务，将旗下的北京双安商场作为试点。初步的尝试令王府井百货切身感受到线上与线下在实现技术、运营方式、营销手段和客户群体上都存在巨大的差异。为此，王府井集团成立了电子商务公司，负责线上业务。2011 年，王府井百货子公司之北京网尚电子商务有限责任公司成立，承担王府井集团公司的电商业务。王府井百货先是在 2011 年至 2013 年建立了一个 PC 端的线上商城，2014 年—2015 年，该公司又果断转舵，为旗下各个门店建立了自己的微信公众号和微信商城。经过多年的运作，王府井百货认为，线下实体店仍有难以取代的价值，自己的优势和重心仍在线下，要点是线上线下做好融合，更好地服务自己的客户。自此，全渠道王府井百货正式实施全渠道建设理念。

“从经营商品向经营顾客转型，其核心就是从顾客的需求出发，决定王府井集团买什么、卖什么。”王府井百货作为国内大型百货零售集团，主要资产和业务集中在百货业态上。王府井提出了全渠道业务转型的大战略，旨在整合集团旗下所有百货门店、网上商城、电商平台、推广合作方以及供应商等多方的产品、渠道和用户资源，统一规划集团的服务体系，逐步建成统一品类管理、统一商品管理、统一用户管理、统一支付管理、统一物流管理、统一服务管理、统一组织架构和统一考核等集中统一管理的业务模式，最终为消费者提供全方位的优质服务。成立全渠道中心后，集团将对现有资源进行整合，并向经营顾客进行深耕。提高渠道建设能力，通过移动支付、数据分析等手段，有效跟进新技术应用；加大电子商务发展力度，与实体店资源有效结合，实现重点突破；实现组织机构创新，与实体店、合作方，实现有效融合，发展新型组织。王府井商业模式的演变，将为我国民族百货零售企业提供可借鉴的发展之路。

“首客首享”是首旅集团在今年初推出的集团客源共享大数据平台，依托线下“食、住、行、游、购、娱、文”等产业板块，其中包括了全聚德、东来顺、首汽约车、康辉旅游、北京野生动物园在内的众多集团内部企业，以及部分首旅集团系统以外的企业品牌。据悉，王府井梦工厂位于首客首享“品牌墙”文化板块，首期建立品牌信息点 3 个，包括王府井梦工厂百货大楼店、王府井梦工厂双安商场店，以及王府井梦工厂长安商场店；首期上架商品 11 件，包括以京味文化为核心的梦八件系列原创产品 9 件，以及签到即可免费体验的权益类产品两件。根据首客首享安排，王府井梦工厂其他各类原创品也将陆续上线。根据首旅集团开展的集中调研思路，王府井集团将深入挖掘商业平台价值，实现客源与资源共享，构建“生活方式服务生态圈”。笔者认为，王府井未来将有更丰富的跨界互通方式，丰富平台内容，服务顾客的消费升级。

领跑：从地上走向地下

前不久，王府井地下“挖”出个“老北京城”的消息不胫而走。和平菓局联合王府井百货大楼，打造国内首家场景沉浸式体验空间。和平菓局位于百货大楼地下二层，建筑面积2400余平方米，半个世纪前的“北京城”在这里浓缩。沿着楼梯来到地下，首先映入眼帘的是青砖砌成的围墙。往东边走，是休息、用餐的和平小吃街，北京的特色小吃排成一溜儿，服务员身着传统服装迎接游客，这里的木桌、木椅，颇有过去年代的气息。这里有京味儿糕点荷花酥、牛舌饼，也有京味儿小吃爆肚、炒肝儿、卤煮、豆汁儿、焦圈儿，还有京味儿十足的炸酱面。北边有邮局、副食店、粮油店，南边有照相馆、药铺、旧书局。和平菓局里再现了北京旧时的街道和胡同，一列旧式绿皮火车、老站台、老站牌、老信号灯等设施。王府井将不单纯是一条承载商业传统的大街，而是集商业、服务、文化于一体的综合型商业区域。

“深挖历史内涵，强化空间引导，让游客在逛街的同时能够感受历史的脉动。”王府井区域内共计35条胡同街巷，每一条胡同名字的背后都记录着一段独特的历史。比如：位于东皇城根北街的亮果厂胡同，是以明朝亮果厂定名的。亮果厂是保存干鲜果品的地方，专供明皇陵贡品之用。而大、小纱帽胡同则得名于服装鞋帽的作坊。东安市场以北至灯市口叫八面槽。

八面槽的由来是这样的：明初这里有一个御马草料场，即今天的大、小草场胡同。草场有个大马槽，马从四面八方都能吃到草。因此人们就管这条街叫八面槽。《燕京岁时记》中说："灯归城内，市归琉璃厂矣。"明代每年正月初八至十八为灯节，百官放假十天，白天为市，夜晚放灯，灯市合一。这就是灯市口的由来。明代王府井地区已有锡蜡胡同（今锡拉胡同）、麻绳胡同、烧酒胡同（今韶九胡同）、金鱼胡同、干鱼胡同（今甘雨胡同）、翠花胡同、取灯胡同，清代又出现了黄面胡同、黄米胡同。从这些名称中可以想象当时这一带的商业状况。

商业记忆是王府井历史文化积淀的重要组成部分，甚至是新中国城市生活记忆的重要组成部分。在物资匮乏的新中国成立初期和计划经济时代，王府井成为"富足""喜庆"乃至"奢侈"的代名词。第一双球鞋、第一本字典等童年回忆和婚生嫁娶等人生大事，在无数老北京人心中留下了难忘的幸福滋味。从极具历史价值的北京第一代无轨电车"小京—540"投入运营，到北京昔日最优秀、最主力的电车"BD562"退役，王府井大街上的这两条公交车风景线折射着北京电车的光辉历程。如今熟悉的电车与具有空间实体的历史文化资源不同，这些故事、记忆虽然广泛地见于史料、书籍、网站，但在体验上多少存在断裂感——追溯历史的人，并不身处历史的发生地，也找不到相关的线索。如果能将其与物质空间良好结合，便于人们睹物思人，更好地展现这些非物质文化遗存，那么王府井大街必将受到更多人士的追捧。

所有伟大的故事，永远矗立在时代与个体的交汇点，在变与不变的轮回中，唯一永葆青春的只有年轻人奔跑的姿态。商业步行街立足于城市的传统商业地带，是城市的商业发祥地，它拥有着久远的历史和丰富的记忆，浓缩着城市发展的演变轨迹，见证着一座城市重要的历史转折。商业步行街是城市发展的缩影，一些百年老街见证了历史的沧桑，浓缩了中国商业的兴衰，更折射出一个城市的商业文化，展现出一个城市的精神面貌。历经百年沧桑，王府井大街已成为中国商业街的领跑者。我们衷心地祝愿王府井大街能够穿越百年时光，朝着梦想和希望奔腾……

2019 年 10 月

芳华十里南京路

铅华尽洗，梦栖千年。穿过水墨的长巷，在经年的油纸伞下邂逅，深深的庭院，落花无言，堆积着如织的往事。

上海的南京路始于1851年，是上海开埠后最早建立的一条商业街。南京路东起外滩、西至延安西路，全长5.5公里，又称“十里洋场”。20世纪30年代的上海，无数创业家的传奇就发生在这里，沙逊大厦、和平饭店、安利洋行等很多企业至今仍然是世界级的玩家……

“十里南京路，一个步行街。”说到南京路，不得不说步行街。南京路步行街建成于1999年9月20日。南京路步行街位于南京路的精华路段，东西两端均有题写着“南京路步行街”的红色大理石屏。南京路步行街东起河南中路，西至西藏中路，其中段建有占地8370平方米的世纪广场，每逢上海旅游节及上海国际艺术节期间，国内外各类文艺团体在此上演丰富多彩的节目，吸引了众多国内外游客。步行街全长1033米，两边是各类时尚流行的商店、熙熙攘攘的人群，以及设计别致的城市雕塑，这些都构成了上海的现代都市风景。影视剧里的黄包车、香烛店、“美丽牌”香烟广告牌，身着旗袍、梳着盘发的上海小姐，早已成了大上海的如烟往事。

南京路步行街的地面是由淡红色大理石铺成，干净清爽。路中间有各式花坛、绿化带以及暗红色大理石凳椅。走累了，随处可坐，赏路景闻花香，逍遥自在。可爱的观光车是步行街上不可或缺的一道风景。观光车由一节节小巧玲珑的车厢组成，车厢上画满了精美的图案，每节车的图案色彩各不相同。登上车，在省却劳累的同时，还可以一览步行街的行人，他们有的从容信步，有的匆匆疾走，有的闲坐休息。

老字号是一座城市的底蕴和记忆。南京路以繁华著称，它从 20 世纪初开始繁华至今，可谓长盛不衰。传统与现代的交织为这条百年老街增添了别样的魅力。南京路两旁商铺林立，第一百货、第一食品店、新世界、永安公司等上海乃至中国的许多名店和老字号，大都集中于此。张小泉刀剪店、吴良材眼镜店、亨得利钟表店、老介福绸布店、老凤祥金店等一些历史悠久的老字号特色名店也在这里与您不期而遇。南京路步行街有点像北京的王府井，既包容古老的商业文明，又吸收外来的西方文化。“麦当劳叔叔”“肯德基爷爷”自然不甘落后，而哈根达斯、天使冰王、必胜客也蜂拥而至。

外滩，是上海最亮丽的一道风景线。外滩是南京路步行街的延伸，也是到上海观光的游客必到之地。从河南路口开始，走到步行街尽头，继续向东，穿过和平饭店南部的隧道便到了。外滩又名中山东一路，全长约 1.5 公里，东临黄浦江，西面为哥特式、罗马式、巴洛克式、中西合璧式等 52 幢风格各异的大楼，被称为“万国建筑博览群”。一到外滩，你便进入一个既陌生又熟悉的世界。你似乎觉得这是狄更斯笔下的英伦街景，也或许是在父辈的照相簿中曾经见过。狭窄的街道，四方高大的建筑，灰色的围墙和百叶窗，尖尖的屋顶，每一栋楼都记载了一段曲折跌宕的故事。午后的夕阳为它们添上一层薄雾，透出一种 20 世纪三四十年代特有的迷离和浪漫。外滩与黄浦江对面的陆家嘴遥相呼应，上海中心、金茂大厦、环球中心、东方明珠，这些顶级的建筑，尽收眼底。

“锦绣丹青终不如，霓虹绝胜上河图。人潮十里南京路，正是华灯月上初。”夜幕降临，华灯初上。霓虹掩住群星的闪烁，鸣笛盖过晚风的喧嚣，车水马龙的街，灯火阑珊的夜，让人浮想联翩，思绪万千。2000 年，我从呼伦贝尔的一个煤城小镇来到了上海，第一次与南京路步行街邂逅，至今整整 20 年。20 年的光阴岁月，不知磨平了多少记忆，沉沦了多少老街，而南京路步行街却依然青春焕发，芳华依旧……

2020 年 10 月于上海

哈河古镇谱新篇

“蒙语芳名三座山，哈河九曲唱淙潺。秋风白露吹香稻，夏雨黄花绽笑颜。经纬农田争绚烂，纵横林带秀斑斓。东篱老丈酬乡宴，嫁我佳人故里还。”敖汉旗委宣传部常务副部长梁国强曾为古鲁板蒿镇赋诗。

古鲁板蒿，蒙语正音正字为“固日班花”，译为汉语是“三座山”的意思。古鲁板蒿镇地处内蒙古老哈河的南岸，西南部辖区位于老哈河水利枢纽工程红山水库的右岸，东北部辖区位于红山水库下游，境内有大型水库一座，中小型水库两座，地上地下水资源丰富，农业水利设施发达，农业生产基础条件得天独厚，盛产水稻、玉米等粮食作物。这里田成格、林成网、稻浪滚滚、碧波荡漾，素有“塞北江南”之美誉。古镇集山、水、鱼、滩、田、林、果于一体，拥有美丽的自然景观。老哈河的水总是静静地流着，河水很清，可以看到河底的沙石，还可以看到游动的小鱼。时常有鱼儿跃出水面，引得我们扑腾着去抓。这里，水库湖面鳞潜羽翔，烟波浩渺，水电工程气势壮观，水利枢纽工程与蓝天、碧水、沙滩、绿树、田野、草原构成了一幅秀美的风景画卷。

古鲁板蒿镇党委书记张国辉说：“2020 年是古鲁板蒿镇全面建成小康社会和脱贫攻坚的关键之年，这既是决胜期，也是攻坚期。我们要积极主动适应新时代要求，积极践行新发展理念，加快调整产业结构，巩固提升基础工作，大力改善人居环境，助力农民增收，保持经济社会平稳健康发展。”

党建引领，加大扶贫力度

“党建强不强，关键看‘头羊’。”古鲁板蒿镇党委充分发挥党建引领与精准扶贫深度融合的“领头羊”作用，使精准扶贫工作取得显著实效。一是在脱贫攻坚工作中认真落实党委主体责任，高效推进“不忘初心、牢记使命”主题教育。全镇 16 个党支部和 998 名党员深入学习习近平新时代中国特色社会主义思想；镇村两级党组织集中研讨学习，交流心得体会，开展专题党课讲座，撰写调研文章；积极开展“三个一”活动，确保主题教育高质高效。二是深入开展村级组织规范化、标准化建设。投入资金 31 万元完善了各村阵地建设，牌匾标识、旗帜图版、功能厅室均规范达标，有效提升了基层党支部的组织力、凝聚力。三是全面加强队伍建设，及时补齐配强村级班子。通过合法程序，补选了 5 名村委会成员；纳新 10 名党员，转正 9 名党员；储备村级后备干部 60 人，党员先锋模范作用在脱贫攻坚、环境卫生整治等工作中得到较好发挥。

“小康不小康，关键看老乡。”为了全力推进脱贫攻坚工作，古鲁板蒿镇全镇上下同心协力，按照“人脱贫、村出列”

的要求，狠抓扶贫质量，顺利通过旗、市检查和自治区验收评估。一是顺利完成了孤山子、东他拉两个贫困村退出任务，实现了全镇1659户3834人脱贫，其中稳定脱贫609户1694人。二是以项目支撑的扶贫产业格局，累计投资2246万元，覆盖了全镇的贫困人口。三是完成了孤山子村易地扶贫搬迁及入住新惠搬迁区工作，实施危房改造95户，小黑屋改造341户，彻底解决了群众安全住房问题。四是争取帮扶单位的支持，在旗人大办等6家帮扶单位的协调帮助下，争取农田水利、道路交通、安全饮水、集体经济等方面项目资金2000万元。五是汇集社会力量开展扶贫，2019年内共筹集社会扶贫爱心款物15余万元，在全旗率先建立了13处爱心扶贫超市，发放了价值9.3万元的物品，受益贫困户939户。

调优结构，着力改善民生

“产业结构优化升级是古鲁板蒿镇的一项长期任务。”一是整镇推进全程机械化和绿色谷子全程机械化。2019年全镇农作物总播种面积完成29万亩，测土配方施肥面积20万亩，建立千亩示范村12个，配套农机具2600多台套，农机保有量达到2699混合台。机械收获12万亩。二是以“扩牛、增羊、稳猪”为主导方向，打造全镇南部“支部＋企业＋基地＋养殖户”和北部“支部＋协会＋小区＋养殖户”两大肉牛养殖基地，发展标准化生猪养殖场3处，推动畜牧业规模化发展。肉牛11000头，肉羊9600只，肉驴8000头，生猪存栏7000口。三是高质量完成土地确权工作。全镇完成土地确权面积19.24万亩，为农村土地制度改革奠定了良好基础，受到了上级主管部门的表彰。四是着力强化保障能力，引导各村积极通过特色产业、光伏发电等形式壮大村集体经济，全镇村集体经济收入年度总量达到 210 万元。

“实施乡村振兴战略，建设美丽宜居乡村。”近年来，古鲁板蒿镇通过不断完善基础设施建设，使镇内人居环境不断优化。一是完成高效节水灌溉工程扫尾工作 0.9 万亩；春季地表水汇地 1.8 万亩；巩固和新建膜下滴灌面积 16 万亩。二是投资 363 万元完成硬化路 8.29 公里，通达路 18.6 公里。三是所有自然村均已接通动力用电，农网改造在完成 168 个台区的基础上，投资 320 万元对 5 个台区进行升级改造。四是投资 900 万元完善全镇人饮工程建设,全镇所有农户饮水安全全部达标。五是投资 40 万元完成农贸市场二期工程建设。六是积极改善人居环境，大力推动生态文明建设。建设日处理能力达 200 吨的污水处理站一座，安装路灯 60 盏，实施农户改厕 221 处。2019 年出动人员 12000 余人次，垃圾清运车辆 220 余台次，清运垃圾 7000 多吨，春季造林 13000 亩，退化林改造 2000 亩，打造出 26 个人居环境示范自然村。其中，古鲁板蒿村被评为自治区文明村。

“提高保障和改善民生水平，切实解决群众最关心、最直接、最现实的民生问题。”一是投资 1150 万元建设教学楼和运动场，完成中、小学教育均衡发展达标任务。二是投资 400 余万元，建成高标准敬老院住宿楼。三是投资 260 余万元建成康家营子卫生院门诊综合楼。四是聚焦弱有所扶，发放五保、低保、临时救助等资金 1175 万元，全镇特困人群实现应保尽保。五是规范提升镇村便民服务中心（室）建设。全镇便民服务代办件事达到 12000 多件次，基本实现“小事不出村、大事不出镇”。六是聚焦精神文明，开展各类文化活动。2019年，古镇积极开展了“纪念三八国际劳动妇女节座谈联欢会”“纪念五四运动100周年”“最美家庭”故事表彰会、“庆祝新中国成立70周年”等活动，在全旗“广场舞大赛”中取得了第二名的好成绩。与此同时，古镇还充分利用“古鲁板蒿视点”微信公众号推送文章18篇，发布信息52条；在旗级媒体发表稿件70余篇，在《农民日报》发表1篇。

依法行政，深化平安建设

“坚持党的领导，坚持依法行政，不断提升社会综合治理能力。”一是加强安排部署，压实党风廉政建设责任。全年召开党风廉政建设干部大会1次，召开专题党委会议3次，党委（扩大）会议上研究纪检监察工作18次，开展各类监督检查24次；落实“一岗双责”，分管领导与分管部门负责人分别召开党风廉政建设工作会议两次、谈心谈话两次；对落实不力的镇直单位负责进行谈话提醒。二是强化监督，净化基层政治生态。高质量完成“三务”公开工作；开展专项督查3次，网上公开各类信息4100余条；开展专项督查两次，下发整改通知书24份。三是惩防并举，查处违纪违法问题。扎实开展“高质量办案年”“以案促改”、扫黑除恶与基层“拍蝇”双推行动月等各项工作。一年来，共收到问题线索22件，初核了结18件，立案4件，处分党员14人，完成各类巡视巡察督查问题整改39项。

“坚定政治信念，夯实思想基础，营造良好的政治舆论氛围。”2019年，古镇党委召开专题会议研究意识形态工作9次、研讨1次，全年党委理论中心组共学习13次，理论中心组扩大学习 1 次，对新时代意识形态工作进行了研讨。一是平安建设不断深化。全年排查矛盾纠纷 145 起，化解 145 起，调解成功率 100%，受理信访件 19 批 19 人次，化解 6 批 6 人次；开展普法宣传两次。二是安全生产齐抓共管。认真做好隐患排查治理、重点行业领域专项治理等工作。排查出安全隐患 102 处，进行跟踪检查，整改率达 100%，全年无安全生产事故发生。三是加强食品药品安全监管。以各项专项整治行动为主线，加大食品、药械、农资等整顿和规范力度。累计出动执法人员 500 余人次，检查食品经营单位、涉药单位、农资产品经营户、重要商品经营户 529 家次，各行业检查覆盖率达 90%，辖区无一起食药安全事故。

“有黑扫黑，有恶除恶，有乱治乱。”铲除了黑恶势力及其滋生的土壤，净化了全镇政治生态，增强了人民群众的获得感、幸福感、安全感，维护了社会和谐稳定。一是统筹谋划部署，强化组织领导。2019 年度全镇共召开扫黑除恶专项斗争大会 8 次，推进会议 14 次，扫黑除恶专项斗争领导小组专题会议 30 次，扫黑办会议 30 次；共出动宣传车 260 余台次，发放宣传资料 5.7 万余份，悬挂条幅 788 条，设立举报箱 13 处，编发扫黑除恶简报 60 期。二是镇扫黑办加强与公安派出所的协作和联动，共摸排 105 条线索，及时移交公安机关进行核查，核查率达到 100%。三是通过平安建设的推进，深入实施新时代农牧民素质提升“千村示范、万村行动”培育工程。其中，李家营子村被选为 2019 年敖汉旗“千村示范、万村行动”示范村。

亮点突出，实现跨越发展

古鲁板蒿镇镇长高洪飞说："奔小康，已成为今年的工作重点。我们一定要抓住发展为第一要务。攻坚克难、开拓创新，全面完成年度各项目标任务。"

目前，古鲁板蒿镇的一些大项目已开始复工。一是依托哈拉勿苏、白家店两个村，以肉牛养殖为特色产业，打造"万头肉牛养殖基地"。该项目计划总投资 1.06 亿元，拟建设棚舍 4 万平米，并配套建设饲料库、储草库、交易市场等，形成一体化产业园区，带动全镇肉牛产业发展，计划到今年年底，全镇肉牛存栏将达到 30000 头。二是以东他拉村为核心打造"千亩蜜瓜扶贫产业园"项目。该项目计划总投资 2925 万元，占地面积 1000 亩。2019 年一期项目投资 570 万元，建设冷棚 252 栋，种植蜜瓜 243 亩，首批蜜瓜亩产 8000 斤，亩均纯收入达 5000 元以上。三是内蒙古津垦公司在古镇计划投资 2.8 亿元，流转土地 2.7 万亩的优质高产苜蓿草生产基地。目前已完成投资 1.3 亿元，流转土地 2.13 万亩。2019 年种植苜蓿 1.24 万亩，已实现亩产 800 公斤，经专业机构检测，首批高产苜蓿达到特级标准。

"冰融待帆举，一船尽浩歌。"日夜流淌的老哈河水，在古鲁板蒿歇脚，留下一湾清波，然后远去。古鲁板蒿镇是我的原乡，古镇是生我养我的地方，我也有好几年没有回去了，但是那里的山，那里的水，那里的人都是我最熟悉的。置身其中，水波潋滟、渔舟唱晚；信步河岸，秋水长天、如梦如幻；独倚着山坡，看日出日落，看云舒云卷。"丁零零，丁零零。"手机铃声响了，古鲁板蒿镇党委书记张国辉："相华你好，我们准备今年搞一个笔会，到时候你也回来一趟，我在古鲁板蒿等你。”“哦？哦。”《我在古鲁板蒿等你》是敖汉旗委宣传部王相东副部长的一首歌词，乡土气息浓厚，旋律优美激昂：

老哈河，青纱帐，
飘香的稻田翻金浪。
红山湖，芦苇荡，
古河岸畔渔歌悠扬。
渠纵横，林成网，
崭新的房舍靓丽的村庄。
金色的阳光洒满池塘，
莲花山上花正艳，
美丽的乡村伴随芬芳。
我在古鲁板蒿等你，
田园风光引领你啊，
家的方向……

本文发《渤海风》文学季刊 2020 年第三期

春漾哈河水

仲春时节，万物复苏，沉睡了一冬的老哈河，在徐徐春风的吹拂下开始解冻。鱼儿们在水里嬉戏，水面上微波粼粼。天空倒映在清凌凌的水里，河水更蓝了；白云倒映在水里，河水更靓丽了。

“暖阳下，我迎芬芳，是谁家的姑娘？我走在了那座小桥上，你抚琴奏忧伤。桥边歌唱的小姑娘，你眼角在流淌。你说一个人在逞强，一个人念家乡……”源源不断的哈河水，镶嵌在这铺着“绿色地毯”的田野上，是那么柔媚。两岸迷人的景色，构成了一幅令人心旷神怡的“春景图”，它充满着诗情画意，有谁不为之陶醉呢？《桥边姑娘》是吉祥特意设置的手机铃声。吉祥一边把他心爱的枣红马拴在马桩上，一边接着电话。“吉祥啊，新开河的鱼，要多少？”“十斤八斤都行！送到我放牛窝棚这边就行。”每当春姑娘来临的时候，河边的水草慢慢地探出了绿芽，老哈河水也春心荡漾，向远方唱起欢乐的歌……

一

吉祥是我一个叔伯哥的儿子，长相英俊，声音洪亮，从小不善读书，却对马、牛、羊感兴趣。这大概是遗传吧，我的叔伯哥虽然去世比较早，但也给吉祥留下了一些秘方，比如：“百十两行，不如放牛羊；冬天找阳坡，夏天找阴凉。”“母牛生母牛，三年五个头。”

我叔伯哥在世的时候主要是给村里放羊。那时候，一个村也就一二百只羊，有他一个羊倌就够了。记得当年我叔伯哥放羊的时候和邻村的羊倌搭伙，把两群羊一起放。有一次邻村羊倌把一个羊羔子偷偷留到家里，就说丢了。直到剪了羊毛之后，才混入群中。然而，最终逃不过我叔伯哥的火眼金睛。我叔伯哥最后把那只丢失的羊羔从邻村的羊群里抓了回来，避免了不少损失。邻村羊倌自知理亏，请了我叔伯哥很多次酒席，不但赔礼道歉，还成为知己。我的叔伯哥还有一个专业特长，就是能码踪，认脚印。老哈河周边人的脚印，谁要是从他家门前走过，他都知道这个脚印是谁的，十拿九稳。我叔伯哥家虽然不养狗，但从不丢东西。

记得小时候，每到夏季，金黄的小麦正在灌浆，一场大雨过后，满漕的河水把人们辛勤播种的庄稼冲得颗粒不收。老哈河岸的人们经常望河兴叹！因此我们那个村也出了名的穷，有好多大龄青年，打了光棍儿。我叔伯哥当年放羊的职业也不太被人认可，要不是我老父亲当年跑前跑后，估计也玄。

“突突突——”一个骑摩托车的小贩送来了一袋子欢蹦乱跳的鲫鱼，还有啤酒、咸鸭蛋、花生米……“三叔，你就在这等着吧，我中午就在老哈河边请你喝啤酒。”吉祥从窝棚里掏出一个洋瓷盆子，还有剪刀、油盐等，一边给鱼开膛，一边架火……水是哈河水，鱼是开河鱼，鸭（蛋）是哈河鸭（蛋）……原汁原味的“哈河味道”。叔伯哥去世以后，吉祥把家里的几只羊卖了，开始养牛。

吉祥说：“不管你干啥，要上心。我家开始养了两头母牛，一直喂，三年五个犊，大牛返情快，没有流产和难产的。大牛奶水充足，小牛体质也好，不咳嗽、不喘、不拉稀。生犍牛卖肉食，母牛繁殖，现在有 100 多头了。”吉祥一边说，一边看看远方的牛群。我说：“没事吧？”“那还有啥事，上万亩天然牧场，没几家放牛的。刚开春，溜一下去年的苞米茬，早吃饱了，都在那面晒阳阳呢。”

吉祥说：“我去年把你们家卖的那个大院又买回来了，总计投入 30 多万，重新整修，改成了牛舍，又打了井，全是自动化，牛喝水一拧水龙头就行了。我又在房子的西面搞了一个下水管，我每天把牛赶出来，你侄媳妇在家把牛舍用自来水一冲，干干净净，全部冲到坎下去了。粪便有人买，还可以种庄稼，良性循环。现在都是规模化种植，田里的秸秆儿又成了牛的天然饲料。”

“来，三叔，走一个！”吉祥和我没有用杯子，而是每人拿着一个啤酒瓶子对口吹。吉祥说：“你去年给我办那个养牛合作社也批下来了。”吉祥喝得有些兴奋了。“你还得给我出出主意，听说现在有政策，养牛还有补贴，养得越多，补贴越多。如果可以的话，我准备让咱们村里的那几个散户入股……”

“这些年，咱们河套人都比着干呢！”吉祥指了指远处的几十间砖房子，他说那是老宋的烤烟房，老宋原来是我们村的大队书记，现在搞起了烤烟种植，还有几个人和他一起入了股，搞起了合作社，除了烤烟，还种了不少甜菜和胡萝卜，差不多有 1000 亩吧，国家都有补贴，包种、包销，订单农业。“我这人文化浅，只能放牛了。哈哈……”

吉祥又指了指东边那片文冠果树：“这是老陈的文冠果树地，差不多有千儿八百亩，听说文冠果籽能做飞机油；老陈还种了几百亩有机小米，这几年也发了。”

“对了，前些天我还看到我相知大姑了呢。他们家孩子结婚，我去了！”

二

相知，是我的一个叔伯姐，大眼睛，人长得好看。相知姐比我大一岁，都是吃哈河水长大的。我和相知姐从小学到初中都是同学。相知姐念书的时候成绩好，特别是英语，每次英语老师都是把相知姐叫过去录音，上课的时候我们再跟着相知姐的录音来读课文。这在当时可是一件非常了不起的事情。相知姐在初中的时候补习一年就考上了初中中专。当时的初中中专是很难考的，大概每一科的分数都在 90 分以上。而我当时只考了个高中。相知姐的对象是上中专时候的同学。有一年春节，相知姐他们一起回过老家。他们毕业后都分配到了敖汉旗金厂沟梁金矿贝子府分矿。后来他们所在的厂子黄了，双双下岗。那些年，相知姐家的日子真是很惨淡。有一次，我给相知姐打电话，问她干啥呢？“吵架呢！”20 多年没有联系了，遇到了这种事，我只好安慰了几句，草草地把电话给挂了。

相知姐他们下岗以后，在老家买了一个破“三马子”（三轮摩的），由于季节性比较强，加上加油车总坏，根本不赚钱。又有几次打电话过去，相知姐的手机停机了，也可能是换号了。

好几年过去，我通过好几个人终于打听到相知姐的电话。听说他们在大连养貉子。貉子的养殖价值大，是珍贵的毛皮动物之一。貉子皮毛绒丰厚，质地轻暖，色泽鲜亮。貉子拔针绒皮，可制大衣、帽子、皮领、皮褥等，为我国传统的出口商品。貉子的肉可以吃，也可以入药，貉子养殖成了农民发财致富的好项目。但是，貉子的养殖和管理要有一定的经验，相知姐能行吗？

“刚开始不行，有人带，跟过一年之后，就能管理了。我和你姐夫现在也挺好，一年去掉吃住剩个七八万块钱。”相知姐在电话那头说。

“你们还干架吗？”我说。“干啥架啊，这么大岁数了。”相知姐在电话里发出“咯咯”的笑声。

日子又平淡地继续着，也就是四五年前的光景吧。我又听人说，相知姐他们在北京通州区的一家农家乐打工。去年我出差到北京，给相知姐打了一个电话。相知姐说：“我们现在不养貉子了，在北京农家乐打工好几年了，儿子大学在北京读的，现在也已经毕业了，还处了一个对象，有时候周末会过来，挺好的，不用惦记了。”我问他们一年能赚多少钱了。“我和你姐夫我俩一年十万块钱吧，管吃、管住。这些年供孩子读书，也在老家买了房子。他们如果能结婚的话，就在老家给他们买个楼……”相知姐还说：“这些年不困难了，孩子结婚也没拉饥荒。我和你姐夫身体还行，还能干几年。”

“你是我们这一辈第一个中专生啊，除了跑三马子、养貉子，就是养鸡、养鸭的，是不是有点不好意思啊！”我说。“在北京这地方，大学生有的是，咱一个小中专生，就相当于一个小学生。不论干啥活，只要凭本事赚钱，没啥不好意思！啥时候到北京来吧！你姐夫早就想和你一起喝点呢。”

现在有了微信，大家干什么都喜欢发个朋友圈。我在朋友圈里也一直观察着相知姐的动态。春暖花开的日子里，她会把农家乐的桃花和各种野菜，还有自己腌的盐鸭蛋什么的拍照发到朋友圈，图片拍得也很有诱惑力。夏日里迷人的风景、深秋的葡萄以及各种特色的水果……相知姐把生活中的美好都发到朋友圈里。稍有闲暇，他们还学着用农家乐的葡萄酿酒，体味一种田园的快乐和劳作的艰辛。

如今，相知姐她们依旧在北京通州的农家乐里打工，在得到老板信任的同时，也实现了人生的价值。

三

哈雷，是我的一个亲戚，退伍兵，高中生，中等个头儿，说话办事挺利落，现在是上海一家央企物业小区的经理。哈雷的老家就在老哈河的北岸，我们老家叫“河北”。哈雷说他从小就喜欢找一份板板正正的工作。

2013 年，哈雷退伍以后，说想来上海闯荡。在我的介绍下，哈雷开始在一家公司做保安，后来又经过几家跳槽，跳到了一家央企。多年来，哈雷坚持身先士卒、任劳任怨的同时，还努力加强自身修养，把在部队里养成的雷厉风行的执行力融入工作中，不管是公司安排的工作，还是业主的诉求，他都能迅速完成和处理，员工和业主都亲切地称他为“值得信赖的经理”。

2018年，哈雷正式接管一个国际小区的物业工作，共800多户业主，还有多个商铺，管理范围宽、难度大，加上工作人员少、事情多，要想把物业工作干好，让业主们满意、生活舒心，存在着一大堆各种各样的问题。哈雷本着“舍小家顾大家”的精神，吃住都在小区，把全部精力投入到一线工作当中去。在保安岗位人员缺少的时候，哈雷就穿起保安制服，当起保安；在小区电工生病请假的时候，他又充当维修工，搬着梯子为业主更换楼道里不亮的灯泡。收物业管理费是最难的事情，对于哈雷来说，却得心应手。“只要业主满意，业主不差我们这份辛苦钱！”

一个把业主的事当成自己的事来处理的物业经理，哈雷所在小区每年的物业管理费收缴率都是100%，业主打分从来都是5分（最高分）。

前年冬天的一个晚上，上海的气温骤降到零度以下。哈雷半夜突然接到了业主的电话，说小区停了水。怎么回事？哈雷立马安排两名工作人员赶到现场，随后自己也赶到停水的区域，亲自参与检查。原来是一根自来水管被冻裂了，如果不及时修复，将影响到更多家庭的用水。维修人员没有准备相同管径的管子，物管处也没有备用水管，哈雷二话没说，指挥维修人员先把水管阀门关闭，自己立即开着车去买，连敲了两三家五金水管店的大门，才把材料买来，在他的指挥和行动下，破裂的水管很快修复了。

哈雷事事亲力亲为，严格执行物业服务规范，得到了广大业主及职工的赞誉。哈雷经常带领服务中心的同事们在小区抓卫生、抓治安、抓绿化、抓管理，真正把小区当成自己的家来经营。在公共秩序维护方面，面对人来车往的情况，他要求每一位保安装束整齐、指挥有礼、做好监控，在他的调配和监督下，保安人员无论白天黑夜，都尽职尽责，定时巡更，给业主以最大的安全保障。

“春漾哈河水，人勤早脱贫。”哈雷通过自己的努力，在上海贷款买了房子，娶了老婆，有了小孩，成了一名新的上海人。哈雷还时不时地搞点老哈河的特产，邀请我一起品尝。“老哈河水清又纯，河水荡漾着姑娘的芳心。岸边的绿柳曾为你起舞，水中的弯月是你的媒人……”哈雷的手机铃声响起。

本文发《天津文学》2022 年第 4 期

为梦筑桥写华章

——内蒙古敖汉旗箭桥中学发展纪实

“我生来就是高山而非溪流，我欲于群峰之巅俯视平庸的沟壑。我生来就是人杰而非草芥，我站在伟人之肩藐视卑微的懦夫！”新世纪之初，在内蒙古敖汉旗新惠城区西南的一面荒坡上巍然耸立起一座现代化的高级中学，这所高中的名字叫箭桥中学。箭桥中学整体规划整齐，教学区、办公区、生活区错落有致，是一个求知求真的理想之地。校园中间绿化带里生长着各色有名和无名的植物，宛如一个百花园。那些风姿绰约的花朵躲在翠绿的叶子下面，就像一个个害羞的小姑娘。那些花儿绚丽夺目、姹紫嫣红，就像天上的朝霞，放射出青春的光芒；那些花儿含苞欲放、分外妖娆，仿佛在悄悄地说着箭桥中学曾经的往事。箭桥中学的图书馆、咖啡吧交相辉映，透露着一段段浓浓的人文气息。站在教学大楼上放眼望去，宽敞漂亮的体育场馆更是充满着勃勃的生机和欣欣向荣的力量……

红日初升，其道大光

“红日初升，其道大光。”敖汉旗，位于赤峰市东南部，努鲁尔虎山北麓，科尔沁沙地南缘，是中国古代农业文明与草原文明的交汇地带，被誉为文明太阳升起的地方。而箭桥中学地处山坡，每天都能够最早享受来自大自然的第一缕阳光，正因为如此，箭桥中学又被誉为草原上的一颗璀璨明珠。敖汉旗箭桥中学是敖汉旗两所重点中学之一。其前身是成立于 1987 年的木头营子高中。由于教育发展的需要，该校于 2000 年秋整体搬迁至新址，取名“箭桥”。蓝天一样湛蓝，草原一样碧绿。草原、蓝天、白云、阳光，和着空气，阳光下的山坡上有一群朝气蓬勃的少年。学生们在这片神奇的土地上学习、生活，老师们在这里安居乐业，传道授业解惑。

箭桥中学党委书记王中华说：“箭桥中学全面贯彻党的教育方针，始终坚持立德树人、培养学生核心素养、全面提高教学质量的办学宗旨，秉承以人为本、以校为本、育人为本的管理理念，引导学校转型发展，成就每一位教师，发展好每一个学生，推动我校沿着优质、特色、多样化的道路健康发展。”王中华还说，“箭桥中学历经 30 多年风风雨雨，我是其中的经历者、见证者和践行者。经历了几代人的团结奋斗，箭桥中学已经阔步走向一个全新的历史时代。”

古人云：“辨方位而正则。”真正理想的教育是不应该限制选择的。未来的教育一定是充满着选择的可能性的，让所有人都能选择最适合自己的教育，这是一个方向。为此，箭桥中学深入落实上级文件要求，以习近平新时代中国特色社会主义思想为指导，按照自治区党委、政府和教育部决策部署，坚持稳中求进的工作总基调，以推动教育高质量发展为主题，以改革创新为动力，以办人民满意教育为目的，坚持和加强党对教育工作的全面领导，全面贯彻党的教育方针，全面推进依法治教，全面落实立德树人根本任务，以加强教师队伍建设为重点，以推进育人方式改革为核心，以扩大教育资源供给为支撑，以学校安全稳定为保障，提升育人水平，推动箭桥中学的教育持续健康、内涵发展，构建“学生有特长、教师讲进取、学校创特色”的箭桥发展新常态。

“多样化”应该是未来教育一个非常重要的特征。如果学校千人一面，不讲究因地制宜、因人而异、因材施教，那就会把本来千姿百态的教育变成机械劳动，把本来具有无限发展可能性的学生变成“单向度的人”。

箭桥中学深入实施“一体两翼三评价”的整体发展策略。首先，制定学校党总支理论中心组及党员干部集体学习方案，做好学校政治理论学习重点内容的安排，将习近平新时代中国特色社会主义思想进课程、进课堂。二是切实铸牢中华民族共同体意识，教育引导广大干部、师生深刻领会习近平总书记关于民族工作重要论述和关于推广普及国家通用语言文字重要指示精神，铸牢中华民族共同体意识。三是全面加强学校基层党组织建设，全面推行学校党组织领导下的校长负责制。四是坚持守正创新、全面加强国家通用语言文字教育教学和信息化建设。五是建立健全教材建设领导机构，完善和细化教材审核制度、选用办法等相关管理制度，积极稳慎推进三科统编教材使用情况。

伟大的学校，是知识的摇篮，是成就梦想的地方，是梦最开始的地方。箭桥中学花香四溢，芳草萋萋，不用晨钟，鸟儿自会将你唤醒；不用暮鼓，花香自会带你入眠。有了良好的规划、明确的办学方向、科学的管理水平，以及得天独厚的办学环境，箭桥中学正如一轮初升的红日，沐浴在朝阳辉煌中的万千学子，他们的人生梦想终得以自由的翱翔……

高山仰止，景行行止

如果说，教育是太阳底下最光辉的事业，那么师德是教育的光辉；如果说教师是塑造人类灵魂的工程师，而师德就是教师的灵魂。德育工作一向是箭桥中学的重点工作。多年来，箭桥中学按照上级主管部门的要求，开展了一系列旨在加强师德师风建设的专项活动，有效地规范了教学行为，全面实现了依法执教，以德施教的新境界。

“古之教者，家有塾，党有庠，术有序，国有学。”多年来，箭桥中学把师德教育与立规、立志结合起来，面向全体学生开展习惯养成教育和人生规划教育，大力推进问题学生教育及转化工作；深入开展“三立”教育，即高一“立规”，高二“立德”，高三“立志”，根据不同的学段学情，进行有针对性的德育教育。这些教育，对于扭转学生道德滑坡态势，作用明显；完善自主管理制度，使学生树立自我规划、自我约束、自我诊断、自我调节、自我发展的成长观念；建立学生自主发展的德育评价机制，编撰多种特色主题德育课程教材，形成了与学科德育相互支撑的主题式、系列化德育资源库，不但使学校的德育教育初步形成了系统的综合实践活动体系，而且形成了自己的特色。

师德是人梯，给求学的攀登者以无穷的帮助；师德是绿叶，衬托着千万朵桃李之花尽情地开放；师德是渡船，搭送着求知者驶向成功的彼岸；师德是教师的人格魅力，是教育的全部生命。

首先，把师德师风与职称评定、评模评优、绩效工资挂钩，实行“一票否决”制，制定和执行《箭桥中学师德师风建设实施方案》和《箭桥中学师德师风考核制度》。第二，加强教师法治意识，定期组织教师学习《教育法》《教师法》《未成年人保护法》《中小学教师职业道德规范》以及《中小学教师违反职业道德行为处理办法》《严禁教师违规收受学生及家长礼品礼金等行为的规定》等。第三，严格考勤制度，严格控制迟到、早退，保证出勤、坐班的数量和质量，定期公布并上报考勤结果，将考勤结果纳入教职工绩效考核，确保良好的学校运行秩序和教职工工作状态。正确对待是非、善恶、得失，以身作则，引导学生把握好人生方向，扣好人生的第一粒扣子。第四，为了更进一步创新德育方式，该校还制定了《箭桥中学德育工作指导意见》和《箭桥中学班主任工作手册》，充分调动任课教师和班主任工作的积极性。

法国作家拉·封丹有这样一则寓言：北风和南风比试，看谁能把行人身上的大衣脱掉。北风首先发威，行人为了抵御北风侵袭，把大衣越裹越紧。轮到南风的时候，南风则徐徐吹拂。顿时，行人觉得春暖衣厚，开始解扣脱衣。

近年来，箭桥中学在对班级管理、文化建设、学生的各种行为规范养成过程中，坚决抛弃以往“学生只是被管理对象”的落后观念，转变那些不利于学生发展的“保姆式”“警察式”管理模式，树立学生既是管理客体，更应该是管理主体的全新观念，以“互信”为前提，以“立责”为核心，让学生在学校管理中学做校园主人，以班级管理为平台，让学生在自主管理中提升文化素养，充分发挥学生在各种管理工作中的主动性，提高他们参与学校管理并进行自我管理的主动意识，增进学校和学生之间的互信，培养学生的责任感，从而激发学生在学校常规管理和个人学习生活中的自律性、自主性和创造性。这种管理模式增强了学校与学生之间的认同感，提升了箭桥中学的管理水平和档次，也使学生的参与能力和综合素质得到提升。

为梦筑桥，成人之美

《史记·孔子世家》记载："孔子以诗书礼乐教，弟子盖三千焉，身通六艺者七十有二人。"孔子以诗书礼乐等古代文物典籍作为他的"文教"内容，还有以射御为内容的体育，也就是所谓的"六艺"。北大校长蔡元培先生曾提出过"五育并举"的教育方针，其中美感教育是蔡元培先生一个非常有特色的教育思想。

美育课程要满足学生不同艺术爱好和特长发展的需要，体现课程的多样性和可选择性，丰富学生的审美体验，开阔学生的人文视野。多年来，箭桥中学始终坚持"以美育人，以文化人"的理念，重点解决基础教育阶段美育存在的突出问题，缩小城乡差距和校际差距，让每个学生都享有接受美育的机会。一是坚持因地制宜，分类指导，鼓励特色发展，坚持整体推进与典型引领相结合，形成年级部、学科部、功能处室特色多元的局面。二是加强美育综合改革，促进德、智、体、美、劳有机融合。三是整合各类美育资源，促进学校与社会互动互联，齐抓共管、开放合作，形成全社会关心支持美育发展和学生全面成长的氛围。

“美育”，又称美感教育。即通过培养人们认识美、体验美、感受美、欣赏美和创造美的能力，从而使我们具有美的理想、美的情操、美的品格和美的素养。美育是全面发展教育不可缺少的组成部分。箭桥中学从 2019 年起全面加强和推进学校美育工作。到 2020 年，取得突破性进展，美育资源配置逐步优化，管理机制进一步完善，开齐开足美育课程。到 2022 年，初步形成课堂教学和课外活动相结合、普及教育与专业教育相互促进、学校美育和社会家庭美育相互联系的具有地方特色的现代化美育体系。

箭桥人认为，美育课程建设要以艺术课程为主体，各学科相互渗透融合，重视美育基础知识学习，增强课程综合性，加强实践活动环节。要以审美和人文素养培养为核心，以创新能力培育为重点，科学定位学校美育课程目标。同时还要统筹整合学校中华传统文化教育、综合实践活动、社团活动等课程，均衡师资力量，合理分配课时，避免重复设置和增加课业负担。学校开设的美育课程主要包括音乐、美术、舞蹈、戏剧、戏曲、影视等，并在文化课教学、环境教育和劳动教育中渗透美育教育，开发音乐、美术、体育等显性美育课程，同时还根据自身优势和特点，开发具有民族、地域特色的校本美育课程。

美育不仅可以帮助学生认识现实，认识历史，同时还可以发展他们的观察能力、想象能力、形象思维能力和创造能力，还能调剂他们的生活，提高学习效果。箭桥中学首先根据社会文化发展新变化及时更新教学内容，开发利用当地的民族民间美育资源，搭建开放的美育平台，拓展教育空间。第二，该校依托现有资源，加强学校美育实践基地建设，推动学校美育的整体发展。将美育贯穿在学校教育的全过程。第三，挖掘不同学科所蕴涵的丰富美育资源，充分发挥语文、历史等人文学科的美育功能，深入挖掘数学、物理等自然学科中的美育价值。第四，建立美育网络资源共享平台。充分利用信息化手段，扩大优质美育教育资源覆盖面。以“数字校园”和“赤峰智慧教育云平台”建设为契机，加强美育网络资源建设。第五，注重学生艺术特长培养，为培养造就具有丰厚文化底蕴、素质全面、专业扎实的艺术专门人才奠定基础。

近年来，箭桥中学努力通过社团创建，发挥“国家级校园足球和篮球特色学校”的育人功能等方式，为教师和学生搭建展示生命价值的舞台，培养他们的特长兴趣，展示他们的才艺特长，让全体师生在社团活动中学会工作、学会学习、学会做事、学会做人、学会合作，并逐步学会自我教育、自助评价、自主发展，在学校和社会的助推下，进入更高的平台，成就五彩缤纷的绚丽人生，成就学校“成人之美”的办学特色。

旦复旦兮，日月光华

中国古语“名师出高徒”是被科学发展史所证实了的著名格言。孔夫子当年是：贤人七十，弟子三千，人称“万世师表”。箭桥中学始终坚持“特色定位，内涵发展”的工作方针，实施“读写强师、实践强生、科技强校”三大战略，努力实现“学生成才、教师成功、学校成名”的发展目标。

“箭桥名师大讲堂”活动是建设书香校园的重要内容之一。为了构建校园多元化的人文精神，箭桥中学积极搭建平台，努力培养“大气”和“卓越”的箭桥学子。该校邀请了校内名师、校外专家、社会名流、著名校友等进行授课。主题范围包括以下内容：一是传统文化教育。主要包括不同时代、地域、民族特色的艺术风格、风土人情、民俗风尚、文化遗产。传统手工技艺、民间美术工艺、民族表演艺术等民族文化；国家的尊严、安全和利益。二是经典名著赏析。主要包括教育部指定高中生必读的《论语》《三国演义》《红楼梦》《呐喊》《女神》《子夜》《家》《雷雨》《围城》《谈美书简》《哈姆雷特》《堂·吉柯德》《歌德谈话录》《巴黎圣母院》《欧也妮·葛朗台》《复活》《普希金诗选》《老人与海》《泰戈尔诗选》《匹克威克外传》等20部名著赏析。在常规教学之外，该校还进行技能类知识培训，书法、绘画、合唱、电声乐、剪纸、街舞、健美操、网球等，充分彰显了学校的办学特色。

“靶向发力，加强毕业班科学备考工作。”首先，做好教师的动员和教育工作，组织开展以“老”带新的结队帮扶活动，通过年级会、座谈会及个别谈心等形式做好毕业生的纪律、思想教育，形成并保持高三毕业班整体良好学习风气。其次，抓好对外交流，拓宽渠道，积极组织教师到兄弟学校或外县市的知名学校学习，探究高考动态，通过各种渠道搜集和分析高考信息，以保证高考复习更具有针对性和实效性。定期召开班级、学科、年级质量分析会，有的放矢地指导本学年度的高考复习工作，提升高考升学率。借鉴上一届高三的有效经验，做好招生、录取、自习辅导工作。对毕业班备考、报名、强化管理等工作，及早着手落实，为进一步提高本科上线率创造条件。

基于学生学习的需要，箭桥中学积极培育“课题研究”共同体模式已初见成效。具体内容有：“专题研讨”共同体。学科组内进行校本论坛、教育专著赏析、读书报告会、名师讲学、刊物讲评等活动。“培训讲学”共同体。校长室、教研室每学期做相关培训。积极为优秀青年教师搭建讲学平台，激发青年教师探索教育教学的勇气。“在线学习”共同体。学校公众号开设专门板块，及时解决教学中遇到的疑难问题。“公开教学”共同体。学科组领航教师在老教师和骨干教师的指导、协作下，互帮互学、取长补短、共同提高。“课题研究”共同体。成员主要由课题主持者及参与者组成，以课题带教研、以教研促教学，实现学习能力的螺旋上升和学校的可持续发展。

总结箭桥中学的发展历程，箭桥中学的精神是什么？箭桥的精神与箭桥的事业是一种什么关系？箭桥的精神是箭桥人用纯洁的心灵谱写的美丽乐章，箭桥精神与箭桥的事业是鱼和水的关系。箭桥精神使箭桥人在“箭桥”这个大家庭里找到归宿，与学校风雨同舟、荣辱与共；与学生并肩战斗、共同成长。

如果说一个学校的创业史是一部发展史，而箭桥的创业历程则是一座永不磨灭的精神丰碑。经过 35 年的栉风沐雨，内蒙古箭桥中学曾荣获赤峰市文明单位、赤峰市普通高中常规管理先进校、赤峰市级安全学校、赤峰市级书香校园赤峰市级园林化学校、赤峰市级家长满意学校、赤峰市学生资助先进单位、赤峰市地理学科基地学校、赤峰市校园平安建设示范学校、赤峰市教育科学研究实验基地、赤峰市优质特色多样化发展示范学校、自治区青少年文明礼仪教育基地、全国法制教育先进单位、国家级校园足球特色学校、国家级校园篮球特色学校……一次又一次，精彩呼之欲出；一次又一次，梦笔花香四溢；一个又一个奖状、奖牌、奖杯，谱写出一篇篇绚丽乐章。

“山巅风吼处，英雄照古今。”梦想之路在先行者们的脚下延伸，箭桥中学犹如一架腾空的火箭，气贯长虹、喷薄欲出。如今箭桥中学的接力棒已经传到了以党委书记王中华、校长宋国英为领导的手中。新时代的箭桥人一定会乘着中国梦的春风，振翅腾飞……

本文发 2022 年 11 月 3 日中国作家网

风雨岱山情

久雨初霁，夏意阑珊。粼粼的波光像一条飞舞的水袖，把岱山海域的壮观景象，勾勒成一幅神奇的画卷：海风搅动着霞光，海面上流光溢彩，碧波荡漾。低回的海鸟与霞光争宠，黛色的双翼剪断了水天相连处漏出的金光。岱山群岛在霞光满天中苏醒，舒展腰肢，和风哼唱。逐海的人，聆听着海的歌谣，赤脚踩碎沙滩上的霞光。一群顽皮的孩童与潮水嬉戏，满心欢喜地捡拾着海的馈赠……凭海临风，翠岛浮现，游览岱山的日子已渐行渐远，岱山的映像却在梦中逐渐清晰。

岱山，一个美丽的名字；岱山，一个盛产传说的地方。

著名文人、拔贡汤濬编纂于1918年的《岱山镇志·总志》载："岱山本以乡名，自唐以来，即称为蓬莱乡。蓬莱之名出自方士，往往以为神仙之窟宅，非人迹所能到。予谓非也。盖古昔圣贤皆托生内地，文化未及于海外，且其时舟楫之利未尽畅行，茫茫大海而不可及，遂以为海上有三神山，并谓弱水三千里，非飞仙不可渡。……其所谓蓬莱者，本无实地可指，故后世以海外之地称为蓬莱乡，亦学士文人藉以点缀风景。然则岱山虽未必即为蓬莱，而蓬莱固未必不在岱山耳。”相传2200多年前，方士徐福受秦始皇派遣，率3000童男童女寻求长生不老的灵丹妙药，看到岱山岛屿犹如仙境，遂登临寻仙。徐福是否为秦始皇采到仙药，已无处考证，而“蓬莱仙岛”的美誉却流传至今。

古往今来，仙人的居所总使人心驰神往，而隐现于波涛彼端的“海上仙山”，则是华夏时空里最美好的形象。

“日初出时，一线横袤，如有方幅棱角，色深赤，如丹砂。已而焰如火，外有绛帷浮动，不可方物。久之，赤轮涌出，厥象乃园。光彩散越，不弹指而离海数尺，其大如镜，其色如月矣。”蓬莱阁空踞丹崖极顶，其下断崖峭壁，倒挂在碧波之上。每当云雾绕缭之际，远望之如临高空，恍若神仙宫阙；如游人登上高阁，如飘摇云表，但见有天无地，确有超尘出世之感，可谓高阁凌空，人间仙境。“太阳初出光赫赫，千山万山如火发。”在蓬莱阁观日出扶桑，是一种美的享受。日出前，东方水平线上一片火红旭日东升，冲破一层层云雾，放射出万道霞光，一轮滚滚红日托动在碧波与长天之间，十分辉煌壮丽。东边一山如出浴之美人，秀木葱翠，点染有致；西边一脉却是云遮雾漫，银装素裹。而岛的深处还隐隐传来各种声音：黄鹂在鸣叫，喜鹊在啁啾，岩中的泉水淙淙流淌，车马轱辘，人声喧闹，还有熊的咆哮、龙的长吟。穿行于烟波茫茫之中的渔船，迎着霞光在破浪前行，而岁月的渔歌，又由远及近飞溅出股股清凉的浪花……

当风景融入人文的沉淀，我那颗流动的诗心就有了一种荡漾的归属。在岱山，哪怕只是闭上眼睛深呼吸，让自己和阳光、海风、沙滩、礁石、海湾合为一体，都是一种人间的至美。

沙滩夹杂着太平洋季风的丝丝温情，既陌生又熟悉，既有微微的咸涩，又有淡淡的甜蜜。这样的气息轻抚着我的灵魂，把城市的狭窄、拥挤、嘈杂全都抛到九霄云外，心中的所有郁闷也随之消失。赤脚踩在软绵绵的沙滩上，海风轻轻地吹过我的头发，像在翻看一个个远去的细节，虽重复了千百万次，依然保持着最初的热情。潮水一波又一波地涌上来，又退下去，反反复复地诵咏着百唱不厌的大海歌谣。坐在沙滩上，阳光亲切地爱抚着，再次放眼那开阔无边的大海，雄浑而苍茫，清新而亮丽，大海的心胸真的是无限美丽而又宽广。阳光在沙滩上跳跃，折射出细碎的光，有几缕刺入眼睛，忍不住猜想沉在沙中的故事。以海的博大，沙的细小，记下了所有时间的过往。海浪一个劲儿地跳跃着、奔跑着，不紧不慢，规律整齐地起起伏伏，仿佛有着取之不尽用之不竭的精力。脚在沙中，沙在脚下，走走停停，停停走走……

时至中午，一家极具海上风情的“海景大酒店”正在向我们深情地招手。整个鱼庄都在海上漂浮着，一艘船，连接着宽敞开阔的浮排，还有长长的栈桥，一头枕着礁石涂滩，一头衔着海，两边是渔网圈起来的海上钓鱼池。清爽的海风吹过，海浪踏着韵律荡漾，人就有点飘起来了。在岱山，无论在哪个岛屿，只要有人家居住，你都会享受岛上人家的盛情款待，“海”与“鲜”两个字也会体现得淋漓尽致。岛上吃海鲜，吃的是一种原生态的海味，原汁原味的新鲜。刚捕捞的小虾虽不起眼，但用鸡蛋生粉一裹，炸成金黄闪亮的虾球，味道鲜美得独一无二；海鳗与平常吃到的鳗类有着天壤之别，毫不肥腻，滑嫩多汁；大稠鱼用葱油的做法，还是头一次尝到，肉质非常紧实……

海鲈鱼、黑鲷鱼、黄鱼、膏蟹、牡蛎、虾贝这些海鲜，都与平日感觉不同，岱山的海鲜，且不说这里有仙人超凡脱俗的点化，只因为有这样一片辽阔的海域养着，千余个翠岛的仙气笼罩着，这寻常之物也变得比别处更加鲜美。

夕阳归帆、渔舟唱晚。海岛夏日的夜空如期而至，微风中透着一丝丝薄荷般的清凉。橘黄的路灯映照着秀山的夜色，潮水一遍又一遍地撞击着夜色嶙峋的礁石。此刻的大海也非常乖巧，夜潮在温柔歌唱。潮水从大海的深处涌来，拍打着礁岸，低低地，轻轻地，像微风拂过琴弦；像落花漂在水上，听不见壮阔的轰鸣，也没有惊涛拍岸的飞浪。潮水涨起来的时候，只听见海浪撞击着岩石，发出砰砰的声响，夜空中细雨似的飞沫升落，空气中也弥漫着海岛特有的咸腥味道。夜色深邃，博大而空灵。这样的潮声，会让你产生无边无际的遐想，也会让你在波涛声中甜甜地进入梦乡……

秀山，又名兰秀山，距岱山本岛 3 海里，素有“海上香格里拉”之誉。苏东坡当年在送冯判官到昌国（舟山古称）任职时，帆船经过灰鳖洋，远远看见海上美丽的秀山岛，兴奋地写下了“兰山摇动秀山舞，小白桃花半吞吐”的诗句。秀山的山虽不高峻，但山体连绵，山涧溪谷。秀山人巧妙利用地形，筑渠引水，甚至把溪水直接引入村舍屋丛和田间河池。涓涓溪水，长年不断，供给附近的村民日用洗涮；而每当雨天，那晶莹清亮的溪水便奔流而下，在沟渠中发出哗哗的欢响。秀山的秀丽质朴，体现着一种原生态的美。你看那漫山遍野的植物，大多都是自然生长的，在这里很少人有人会肆无忌惮地去开山辟地、毁林改田，所以这些山坡上的松林、蔓荆、杂草，海岸边的木槿、海桐、芙蓉菊，都能够自管自地按照自然规律繁衍生息，自生自灭；那些耐盐碱、抗海风的植物，尤其生长得顽强，这些野生植物以它们旺盛的生命力把这里装扮得葱茏翠绿、生机盎然。

千百年来海浪的冲刷与洗涤，岁月的磨难与自然的风化形成了蓬莱仙岛一个特别的地方——双合石壁。对于岱山来说，双合石壁不仅仅是一个景点，还应该是一部重重的历史巨书。每一块石头都或多或少刻下了皱纹，苍老或者粗糙，或许还有眼泪与汗水在冰冷的石壁上留下岁月的无情印记。清代诗人刘梦兰曾题诗：“石壁潺颜影倒横，夕阳闪闪十分明。若教移入天台郡，霞彩何曾让赤诚。”石壁记下了岁月的美丽与沧桑，见证了岱山的峥嵘岁月和光辉篇章。双合石壁又称“东方蜜月城堡”，双合石壁上立着一块“海誓山盟”碑，石碑的两边有两个亭子，象征着牛郎和织女，讲述着这轰轰烈烈的爱情故事。面对浩瀚的大海，俯瞰悬崖下的礁石，深邃醉人的蓝天，暖暖的日光下，渲染灿烂的笑容，陶醉于蔓延山崖间的一束束浪漫。回头看那已经走过的坚韧石壁，回想先人的勤劳智慧，是一幅多么美丽、自然和谐的画卷。

岱山，有着大山的巍峨气势，又有着海水的风姿。岱山有着大山硬实的性格，有着瓜果飘香的田园美景，又有着古老历史的厚重。岱山，有着深厚的文化底蕴，那穿越千古的文化成为现代人纯净心灵的甘露。由于山海景观奇特，传奇色彩浓重，历史上诸多文人墨客到此都有诗作。唐代大诗人李白，一生好游名山大川，曾多次从扬州一带出发经海上到天台山，在其东入溟海，求道访仙时，多次经过岱山海域，在他的《莹禅师房观山海图》中，曾写下经过东海蓬莱岱山时的印象：“蓬壶来轩窗，瀛海入几案。烟涛争喷薄，岛屿相凌乱。”另外，唐朝的陈陶、罗隐，宋朝的苏轼，元朝的吴莱等，都曾扬帆海上，涉足蓬莱，为岱山留下过珍贵的墨宝。清代诗人刘梦兰就曾赋七律《蓬莱十景》赞吟境内的蒲门晓日、石壁残照、南浦归帆、石桥春涨、鱼山蜃楼、横街鱼市、衢港渔灯、竹屿怒涛、白峰积雪、鹿栏晴沙的美景奇观和风土人情。

岱山，是一个存放记忆的地方。据文物考证，5000 多年前的新石器时代，岛上已有人类繁衍生息，有文字记载也有 2000 多年。

自清道光年间至今的各种鱼类浸制标本、渔业生产工具、渔船导航设备以及渔民生活用品，它们从烟波浩渺的大海里走来，定格成博物馆里的一艘木船，一顶网具，一件渔夫的蓑衣，静静地躺在那里，诠释着渔俗文化的种种故事。岱山海洋博物馆是一个集科学研究、文物保存、科普教育与旅游为一体的综合性博物馆。目前馆存有 1000 多种海洋藏品，其中有三米长的带鱼，一米宽的翻车鱼，珍稀的中华鲟、鹦鹉螺……所有这些，让人们重拾海洋的记忆，似乎聆听到大海的呼吸。海洋博物馆突出海洋捕捞主题，运用海洋生物剥制标本，大型生物骨骼、鱼类浸制标本以及各种类贝、藻类编织成五彩缤纷的海洋世界。陈列渔行的水票、账簿、秤等工具及渔商、渔民生活用品等，让我们充分想象到远古渔民的生活贫困与艰难。沉浸其中，仿佛觉得自己正跟随着一艘在风雨中飘摇的渔船出海，在广阔无垠的海洋上搜寻一片远方的渔场，然后愉快地起网，打捞，鱼虾在甲板上活蹦乱跳，海鸥在渔船上空飞翔鸣叫。

“烟火三百里，灶煎满天星。”浩瀚的大海、广阔的滩涂、茂密的盐蒿草，是盐民“煮海为盐”取之不竭的“粮仓”。岱山“煮盐”之源头可追溯到 4000 年前。在古代，煮盐主要靠太阳的暴晒，在一片片盐田之中，将海水蒸发成卤水，再将卤水烧煮，直至结晶成为盐粒。对于盐民来说，越是酷日当头，越是晒盐的好时机，那一颗颗透明精致的结晶体，凝结着盐民们数不清的汗水，他们黝黑的皮肤和雪白的盐堆成为太阳底下的色彩两极。悠悠的历史，是盐民一段不息的生命之歌。中国盐业博物馆位于岱西镇的万亩盐田之中，这个镇以盐著称，为浙江省最大的原盐产区之一。曾经，岱盐因为色白、粒细、质优被当作贡盐，风尘仆仆，一路颠簸运往京城。清朝的陈文份在《衢港渔灯》一诗中说："绝顶登临极目望，衢山港里聚渔航，月华皎皎潮初上，星火萤萤夜未央。"其中，"聚渔航"和"夜未央"写渔场夜景之繁华。

归去的船已经启航，浪花在船首飞溅。雷雨之夕，我终于等到了夜航船机声的轰鸣。电光照彻的瞬间，大道空荡，行人归家。岱山岛在风雨中，身段与容颜保持安详美好，渐行渐远。远方的灯塔承袭了大海的品质，淡定从容，顽强坚韧。灯塔与大海连为一体，在无数个涛声如歌的夜晚，与海面上的渔船灯火遥相辉映。梦幻般的岱山之旅已经结束，离岸的同时，思念和期待生起，生活和理想的齿轮又开始了新一轮的高速运转……

本文发中国作家网、《渤海风》文学季刊2021年第四期

林邑之城梦又新

郴州古邑，地接湘粤，北听雁鸣，亦闻莲香。郴州，具有十分悠久的历史，早在10000多年前，郴州一带就有原始人在这块土地上繁衍生息。“郴”字独属郴州，最早见于秦朝，为篆体“郴”，由林、邑二字合成，意谓“林中之城”。“郴”字见之于史传，是汉代司马迁所写《史记》，其中记载：“（项羽）乃使使徙义帝长沙郴县”。从此，“郴”字赫然纸上，脍炙人口。郴州有文字可考的历史，已有2000多年。公元前221年，秦始皇统一天下，分天下为36郡，在湖南置黔中、长沙二郡，在郴州一带设置郴县，郴县属长沙郡；西汉时，分长沙南郡为桂阳郡，领县11；南北朝时，宋、齐、梁称桂阳国，陈时又称桂阳郡；隋文帝开启九年，一度废桂阳郡，置郴州；唐玄宗天宝元年，又称桂阳郡；宋称郴州桂阳郡，设知军；元改郴州路，设总管；明洪武元年改路，置郴州府，设知府；清为直隶州，设知州；民国改州为县。历代治所均在郴州。

近年来，郴州市委、市政府深入贯彻落实党的十九大精神，全面贯彻新发展理念，大力推动绿色低碳循环经济发展，系统治理山水林田湖草沙，努力打造“创新之城”“开放之城”“生态之城”“人文之城”，率先走出一条生产发展、生活富裕、生态良好的文明发展新路子。

创新之城，党建引领开新局

“创新”，是十九大报告中的热词，出现了 50 多次，《报告》提出，到 2035 年我国基本实现社会主义现代化，经济实力、科技实力将大幅提升，跻身创新型国家前列。这一激动人心的目标鼓舞着郴州市创建国家可持续发展创新示范区的极大热情。2019 年 5 月 6 日，《国务院关于同意郴州市建设国家可持续发展议程创新示范区的批复》由国务院下发实施。湖南省、郴州市省市两级高度重视创建工作，由湖南省人民政府副省长带队参加咨询会。会议由科技部社会发展科技司司长主持，外交部、发展改革委、生态环境部、水利部等 20 多家部际联席会议成员单位、国家可持续发展议程创新示范区咨询委员会 11 名专家等 40 多位代表参加会议。会上，郴州市市长专门就郴州市创建创新示范区的发展规划和建设方案向与会专家和代表作了汇报，与会专家和代表对郴州创建工作提出了合理化建议和意见。

“创新是引领发展的第一动力。”为此，郴州市紧紧围绕习近平生态文明思想，积极探索“绿水青山就是金山银山”的转换机制。具体做法是：一要紧紧围绕以人民为中心的发展思想，建设好“普惠发展先行区”，让山更绿、水更清、生态环境更美好、百姓生活更幸福。二要突出重点，明确方位。要紧紧抓住水源地生态环境保护、重金属污染及源头综合治理、城镇污水处理提质增效、生态产业发展、节水型社会、节水型城市建设、科技创新支撑“六大任务”，三要紧扣“水”主题，找准护水、治水、用水、节水的最佳结合点，全力做好“水”文章；四是强化“新”动力，深入实施创新驱动发展战略，积极开展碳达峰、碳中和试点，全面构建可持续发展新格局，形成可操作、可复制、可推广的有效模式；深化“绿”底色，坚持生态优先、绿色发展，因地制宜壮大绿色经济。

郴州市委书记、市创建工作领导小组组长刘志仁认为：“建设国家可持续发展议程创新示范区，既是郴州发展迎来的重大历史机遇，也是必须完成的重大政治任务。做好城市工作，必须加强和改善党的领导，坚持以人民为中心的发展思想，与党的建设同步推进的过程，推进城市基层党建全面加强。”具体做法如下。

第一，学习宣传要“热”起来。郴州市各级党组织要按照市委统一部署，推动党代会精神进机关、进企业、进农村、进校园、进社区、进网络，把思想和行动统一到党代会精神上来，持续掀起学习宣传和贯彻落实市第六次党代会精神热潮。第二，工作推进要“动”起来。各级各部门要坚决贯彻党代会决策部署，大力发扬“三牛”精神，发扬“拼、抢、实”的作风，大干、快干、实干、苦干、抓紧干、拼命干，推动各项工作展现新气象、实现新突破、见到新成效。第三，措施落点要“实”起来。根据责任分工清单、量化任务指标、细化工作方案、实化工作举措，制定具体实施方案和行动方案，确保党代会部署的各项目标任务一件一件抓实，一项一项落地。第四，解放思想要“燃”起来。在全市广泛开展“思想大解放、服务大提质、效率大提升、环境大优化”活动，重开解放思想新气象，激励全市上下在解放思想中实干当先、奋勇争先，闯出一片新天地、试出一条新路子、干出一个新未来。

“创新郴州”为郴州的发展带来了无穷的动力，也涌现一大批创新成果，使郴州成功获批并启动建设国家可持续发展议程创新示范区。截至目前，《国家可持续发展议程创新示范区建设方案》明确的31项指标整体呈稳步提升态势，已达标22项，有6项预计今年实现达标。与此同时，郴州市还荣获全国知识产权示范城市、全国科普先进基地、中国最佳管理城市、中国企业营商环境（地级市案例）十佳城市等国家级殊荣……

开放之城，一核六区放异彩

世界，是开放的世界；郴州，是开放的郴州。开放，是郴州最鲜明的特色，也是郴州发展的优势。郴州市地处“珠三角”“长株潭”“长三角”和海西经济区、大西南两条经济带的交汇腹地的郴州，是华南经济圈与内陆经济带的重要通道和节点，特别是武广高铁的开通，使郴州快速融入“珠三角”“长三角”一小时经济圈，使郴州跨入了与广州、长沙的“同城时代”，区位交通优势十分明显。郴州下辖11个县市区、一个经济技术开发区、一个高新产业园区，县市区经济总量占全市的九成以上，直接决定着郴州的未来。为此，该市全力推出“一核六区”新的县域经济发展格局。即：湖南对接粤港澳大湾区重要增长极为核心，全力打造国家可持续发展议程创新示范区、开放程度更高的自由贸易试验区、资源型产业转型升级示范区、传承红色基因推进绿色发展示范区、湘南湘西承接产业转移示范区、湘赣边区域合作示范区，大力推动了郴州经济快速转型。

开放是“一极六区”的第一优势。作为湖南对接粤港澳大湾区的“桥头堡”，郴州市始终把扩大开放作为首选战略。近几年来，湘赣两省共同推进建设湘赣边区域合作示范区。位于湘南地区的郴州市，有桂东、汝城、安仁、宜章4个县与赣西的吉安市、赣州市接壤，占湘赣边区湖南10个县市区的近一半，是湘赣边区域合作示范区建设中的“主力军”。湘赣边区的莽山无障碍山岳型景区。为奋力担当践行“三高四新”战略、推进湘赣边区域合作示范区建设，郴州正全力打造“一极六区”，其中“六区”中，就有“建设湘赣边区域合作示范区”目标。如何当好湘赣边区域合作示范区建设的“排头兵”和“急先锋”？多年敞开“南大门”的郴州，乘势而上，全面敞开向东发展之门，与江西一道，全力建设好湘赣边区域合作示范区。融入大战略，畅通“一体化”机制。

全力打造“一极六区”，必须以新的视角综合统筹国际国内两个市场，创新开放模式，开创郴州高质量发展新局面。第一，要坚持以习近平新时代中国特色社会主义思想为指导，不断提高对外开放水平，推动形成更高水平开放新格局。第二，要继续高举先行先试大旗，提升对外开放水平，加快形成更高水平开放新格局。第三，推进更高水平开放，必须走前人没有走过的新路，做前人没有做过的新事，立前人没有立过的新规。第四，要以新发展理念为引领，秉持共商共建共享原则，坚持主动开放、双向开放、公平开放、共赢开放、包容开放。第五，要坚持引进来与走出去并重，着力提高引资质量，优化引资结构，鼓励有实力的企业走出去参与国际市场竞争，深化双向投资合作，促进贸易双向平衡。第六，要搭建开放平台，确保北湖机场尽早建成通航，进一步提质、用好铁路口岸、公路口岸等现有开放平台。

全力打造“一极六区”，要用好自贸试验区郴州片区建设机遇，主动融入服务国家战略，打造内陆地区改革开放的高地。第一，要锚定湖南省对接粤港澳大湾区重要增长极这个目标，加强制度创新，推动形成向南开放新优势。第二，要以粤港澳大湾区为主攻方向，突出湘港澳直通，持续创响“向南开放看郴州”品牌，形成更多具有国际竞争力的制度创新成果，在打造内陆地区改革开放高地上走在全省乃至全国前列。第三，坚持系统集成、整体推进、重点突破，深入实施“放管服”、要素市场化配置、投融资体制、深化国资国企改革等“四大改革行动”，实现改革与发展深度融合、高效联动。第四，要全面构建开放型经济新体制，积极对接“一带一路”、粤港澳大湾区建设、长江经济带发展、中部崛起等国家战略，深入开展“对接粤港澳提升大平台”“对接500强提升产业链”“对接‘一带一路’推动走出去”“对接郴商建设新家乡”“对接北上广优化大环境”等“五大开放行动”。

生态之城，碧水蓝天谱新曲

郴州地处南岭山脉与罗霄山脉交错、长江水系与珠江水系分流地带的郴州，拥有国家级自然保护区两个、森林公园8个、湿地公园4个、地质公园1个，还有苏仙岭、东江湖等风景名胜100多处，是“中国优秀旅游城市”“中国温泉之城”。近年来，郴州市坚持走绿色发展之路，加快生态文明改革，着力补齐生态环保短板，建设天蓝、地绿、水净、气爽的绿色家园，交出了一份完美答卷。青山绿水、蓝天白云、清新空气被一些地方视为“奢侈品”，当下，它们却成了郴州人民的“日用品”。

“守护好青山绿水是我们的神圣使命。”郴州市委主要负责人认为，郴州作为华南重要生态屏障、湖南战略性水资源地，必须坚持生态优先，推动绿色、高质量发展。郴州认真贯彻落实习近平生态文明思想，围绕湖南“生态强省”战略部署，把生态环境保护融入经济社会发展各方面，形成党政齐抓共管、社会全面参与的大环保格局，全面实施青山、碧水、蓝天、净土四大工程。

在“青山”方面，该市积极开展植树造林和封山育林，进行山系、水系、通道、城市和村镇绿化。同时，深化改革，将20个国有林场全部纳入公益一类事业单位进行管理，推动林场由木材生产为主向生态修复、建设为主转变。数千名林场职工放下斧头拿起锄头，由伐木工人变为护林员。不仅如此，郴州对矿区、石漠化、紫色土和钙质土等生态脆弱区域实施造林绿化，构建质量高、功能强、景观美的城乡一体化森林生态景观。汝城、桂东两县用大力发展油茶、茶业等生态产业，已跻身全国重点产茶百强县。

在“蓝天”方面，该市先后出台了《郴州市市城区高污染燃料禁燃区管理规定》《郴州市中心城区建设工地扬尘防治专项整治实施方案》等系列文件，大力推进清洁能源替代改造、黄标车淘汰、道路工地扬尘污染防治等。截至目前，全市累计完成燃煤锅炉淘汰 332 套，完成 339 座加油站、两座油库油气回收改造、101 家汽车修理厂挥发性有机物污染治理和 2157

家餐饮油烟治理，淘汰黄标车 4.2 万余台，建成机动车排气检测站 15 家，市城区绿色公交比率达 88.3%。

在“碧水”方面，该市全面开展湘江、耒水、永乐江、春陵江等流域综合整治、东江湖区域环境综合治理以及黑臭水体整治等，累计实施重金属治理项目 130 个、黑臭水体整治 13 处。目前，全市城市污水处理率达 94.6%；已建成乡镇污水处理设施 41 处，总处理能力 7.7 万吨 / 日，建成配套管网 546 公里。其中污水处理规模 1000 吨的乡镇污水处理设施 10 处，苏仙区被评为全国污水统筹治理示范县（区）。同时，全面推进河长制，3173 名河长先后上岗履职，全市 567 条河流、43 座中大型水库实现了市县乡村四级河长体系全覆盖。

在“净土”方面，郴州市已建成乡镇垃圾中转站 96 个，总转运能力达 5195 吨 / 日，县域垃圾中转能力基本全覆盖；累计完成对生活垃圾有效治理的行政村 2065 个，行政村生活垃圾治理覆盖率达 100%。目前，全市共创建国家级生态乡镇 15 个、国家级生态村 1 个，省级生态乡镇 85 个、省级生态村 126 个，市级生态村 338 个。湛蓝天空下，郴江清清，公园滴翠，街道干净而整洁。郴州的市民越来越有“住在公园里”的感觉。

“只要坚持生态优先，绿色发展，锲而不舍，久久为功，就一定能把绿水青山变成金山银山。”多年来，郴州在成功创建国家园林城市、国家卫生城市、国家森林城市、全国绿化模范城市、全国生态文明城市，“2019 全球绿色低碳领域先锋城市蓝天奖”，并入选“全国 50 大氧吧城市”。

人文之城，文化兴城筑新梦

“文化作为城市的灵魂，我们不仅要保护、传承好，更要让它与旅游有机结合起来。”郴州市位于湖南省东南部，地处南岭山脉与罗霄山脉交错、长江水系与珠江水系分流的地带。“北瞻衡岳之秀，南峙五岭之冲”，郴州自古以来为中原通往华南沿海的“咽喉”，既是“兵家必争之地”，又是“人文毓秀之所”。

郴州历史悠久，是古代炎帝部落苍梧越的聚集地，秦末汉初楚义帝熊心的都城，其水系分别注入珠江、赣江、湘江，有天下上游之称。郴商自古往来商贾于湘赣粤桂之间，他们勤劳刻苦、诚信可靠。郴州拥有星罗棋布的湘南古镇、古村、古民居等。连接湘粤的骡马古道，其北端就始于郴州苏仙区裕后街。古语云“船到郴州止”，即指停止于裕后街一带古码头。“裕后街曾经店铺林立，商贾云集，明末至民国时期，这里为郴城繁华之地。”郴州古街曾有米码头、美女梳头石、犀牛古井、明清会馆、革命旧址、湘南戏院、郴江乌篷船等遗迹与景点。汝城始于宋元、盛于明清的古祠堂有710多座，是古文化生态的“活化石”。为打造全国祠堂文化群旅游基地，汝城近年投入1亿多元，对濒危古祠堂进行修缮。目前，全县已有200多座古祠堂得到修缮。另外，对100多座古祠堂周边进行整治改造，吸引各地游客纷至沓来。永兴县板梁古村、桂阳阳山古村等大批“古”字牌旅游景点，郴州古城复古文化旅游项目的开发，为郴州文化旅游产业发展注入了强大动力。

韩愈诗云：“苍苍森八桂，兹地在湘南。江作青罗带，山如碧玉篸。”众多的被贬文人在郴州游山赏景，吟诗作赋，挥毫泼墨，华章迭出，正是这许许多多的名家的足迹以及他们的诗文，增加了郴州的文化底蕴，成就了郴州众多的风景区的盛名。

可以说，郴州的名胜古迹都有他们的足迹和墨迹。比如郴州城区的苏仙岭、万华岩、北湖、南塔、燕泉，郴城近郊的刘仙岭、相山，资兴的云盖山、回龙山、兜率岩，永兴的便江及两岸的观音岩、金狮岩、太平寺，桂阳的芙蓉岭、赵常山庙、石林书院，宜章的将军寨、艮岩、邝忠肃公祠，嘉禾的珠泉、仙桥，临武的韩张亭、赋沙轩，汝城的清风岩、独秀峰，桂东的八面山、东林寺，安仁的云归庵、清溪等等，都出现在名家的笔下，这些风景名胜也因名家的妙笔而美名远扬。

郴州不仅历史悠久，红色文化也很厚重。从湘南起义到宜章暴动，再到桂东第一军规、汝城第一面军旗等，共有红色旅游资源 30 余处。沙洲村位于郴州汝城县文明瑶族乡东部，罗霄山腹地，属于罗霄山集中连片贫困地区，是红军长征途中“半条被子”故事发生地，被誉为“红军房东村”。80 多年前，红军长征途中，3 名女红军战士借宿在汝城县沙洲村徐解秀家，见到徐家家境贫寒，连床御寒的被子都没有，红军战士临走时用剪刀把自己仅有的一条被子剪开，留给了徐解秀半条。2016 年 10 月，在纪念红军长征胜利 80 周年大会上，习近平总书记深情讲述了“半条被子”的感人故事。这个感人至深的故事，传遍了全国，沙洲村这个小村庄也逐渐被大众熟知。黄草镇黄家村上大洞组村村民骆从辉一家四代为女红军守墓 80 多年的故事更是被传为佳话。

“长征精神，历久弥新；长征之路，没有终点。”实现“两个一百年”奋斗目标，还有很长的路要走，有无数的“雪山”“草地”要过。林邑之城，梦又启航，郴州到了发展的窗口期，郴州人正以昂扬向上的姿态，积极发扬“三牛”精神，开创“十四五”时期郴州高质量发展的新局面……

本文发中国作家网

椰风海韵琼崖美

“女士们先生们，我们的飞机已经抵达海口美兰国际机场，海口地面温度23摄氏度……”经过三个多小时的飞行，飞机终于在海南省的省会海口市徐徐降落，三天的海南之旅便从此开始。

“海口”，别称“椰城”，地处海南岛北部，北临琼州海峡，与广东省雷州半岛相望。海口是一座集“江河海湖溪”五水并存的城市，拥有着中国最美的海岸线。千百年来，来自大陆的移民，尤其是被贬至此的官员，他们虽被流放，却依旧勉力兴学，传播中原文化。比如宋代大文豪苏东坡、改革了纺织技术的黄道婆等。宋绍圣四年（1097），已62岁的苏轼被一叶孤舟送到了徼边荒凉之地海南岛儋州（今海南儋县）。他把儋州当成了自己的第二故乡，在艰苦的环境里，东坡的笔并没有停留，他以超然的心态，以著书为乐。

“参横斗转欲三更，苦雨终风也解晴。云散月明谁点缀？天容海色本澄清。空余鲁叟乘桴意，粗识轩辕奏乐声。九死南荒吾不恨，兹游奇绝冠平生。”大意是：参星横北斗转已经快到三更时分，雨绵绵风不停老天爷也应该放晴。云忽散月儿明用不着谁人来点缀，长空净沧海色本来就是澄澈清明。虽乘船渡大海空怀孔子救世之志，仿佛听到了黄帝咸池优美的乐声。被贬荒岛虽然是九死一生，但我并不悔恨。因为这次南游见闻奇绝，我是平生所不曾有过的。

“我本儋耳氏，寄生西蜀州”。苏东坡在海南办学堂，介学风，许多人不远千里，追至儋州，从苏轼学。苏轼是儋州文化的开拓者、播种人，儋州人民对他怀有深深的崇敬。在儋州流传至今的东坡村、东坡井、东坡田、东坡路、东坡桥、东坡帽等等，表达了人们对他的缅怀之情，连语言都有一种“东坡话”。

众所周知，黄道婆是我国伟大的棉纺织技术革新家。然而，鲜有人知的是，黄道婆少时沦落海南，在崖州学艺生活了 30 多年，向当地百姓学习纺织技艺，并带回松江乌泥泾（今上海市徐汇区华泾镇），然后通过自己的努力，革新了棉纺工具和棉纺技术，不但促进松江乌泥泾棉纺织业的发展，而且迅速传播到江淮、湖湘、川蜀乃至中原地区，为十三世纪中国纺织业的发展做出了不朽的贡献，从一名卑微民女变成名扬天下的“纺织女神”。

沧桑的历史文化，融合着休闲的心情，又映衬着街道两旁浓郁椰子树的清香，一股现代化的气息早已弥漫了海岸线的每一个角落。浅浅的蓝、暮色的黄，暖色的外滩与静谧的入海口相得益彰，犹如一幅唯美轻柔的图画。

海风吹拂，灯光璀璨，丰富的文化孕育出多彩的民俗风情，走在海口的大街上，便能感受到古老历史留下的印迹。作为大陆南端的海岛，海口一直是我国通往南海诸岛，乃至南洋各国的重要港口。靠着大海生长的海南人，从小骨子里就有一股坚韧的冲劲和冒险精神。从这里走出去，下南洋的人不在少数。他们中的很多人在异国他乡凭借自己的努力，打拼出自己的一片天地来。其中不少在功成名就后又将在南洋学到的技术、获得的财富带回家乡，有力地促进了自己故乡的发展。因此，海口既有与大陆一脉相承的中原文化，又有当地少数民族独特的民俗风情，还有异域风味十足的南洋情调。

笔者作为百名最美红色基因传承者之一，参观红色印记是海南之旅的一项重要内容。三月十七日上午，峰会组委会荣幸地邀请到中共海口市委党校李珂教授做了《弘扬红色文化，传承革命精神》的主题演讲。李珂教授学识渊博，声情并茂，从多个角度，用心用情讲述了中国共产党在海南岛的创建、海南岛的解放，以及改革开放时期和新时代海南的发展历程。

波涛漫漫的琼州海峡是维护疆土的天然屏障。自 1927 年至 1950 年，琼崖人民在中国共产党领导下，坚持孤岛奋战，艰苦卓绝，23 年红旗不倒。翻开这段血雨腥风的琼崖革命史，令世人感怀难忘的，莫过于琼崖工农红军英勇抗击侵略者的不朽篇章。

母瑞山是五指山向东北延伸的一条支脉，是琼崖纵队的根据地。中共琼崖地方组织领导琼崖人民依靠母瑞山，凭借坚定的革命信念和不屈不挠的战斗意志，接应和配合中国人民解放军野战部队渡海作战，取得了琼崖革命的胜利，创造了中国人民革命史上孤岛奋战 23 年红旗不倒的光辉典范。母瑞山是琼崖革命 23 年红旗不倒的摇篮，又被人们称为“海南的井冈山”。

在导游杨缘老师的带领下，我们还参观了琼崖工农红军改编旧址。琼崖红军改编旧址是全国首批100家爱国主义教育基地，因1938年12月5日琼崖工农红军在此改编为“广东民众抗日自卫团第十四区独立队”而得名。旧址占地面积15亩，正门右侧大理石柱上刻有琼纵老战士、原海南军区副司令员马白山同志题写的“琼崖红军改编旧址”。距大门正中16米处竖立一尊手握钢枪的独立队战士全身铜质铸像，铜像正面刻有徐向前元帅的题词“琼崖抗日先锋”。铜像后面陈列馆内展陈了部分琼崖纵队成员在抗战时期使用过的手榴弹、手枪、党旗以及冯白驹将军所使用过的印章，和当时的书信等物品。穿越历史时空，我们也仿佛回到了那个孤岛作战的年代……

参观完琼崖工农红军改编旧址以后，组委会秘书长徐亚东先生召集全体与会人员在琼崖抗日先锋铜像处合影留念。

海口古称海口浦，是海南政治、经济、文化、交通中心，明代，筑城设防，称海口所城。秀英炮台是海南人民不畏强暴、抵御外敌的历史见证。光绪十三年（1887），法国侵略者想独占海南岛，两广总督张之洞巡海至琼，下令修建秀英炮台。秀英炮台修筑历时4年之久，耗资白银20余万两，挖运土方5万立方米，是海南岛第一炮台，与天津大沽口炮台、上海吴淞炮台、广东虎门炮台并称中国晚清四大海岸炮台，是中国近代史上重要的海防屏障。该炮台依240多米长的海岸小山丘东西直线而筑，建筑规模宏大，呈长方形，由拱北、镇东、定西、振武和振威五座炮台组成。炮口朝北，面临大海，射程控制了整个海口港湾。秀英炮台连同附属建筑物占地总面积达50亩。炮台四周由坚固的城垣环抱，内部有巷道，两侧有营房、火药库。

秀英炮台周围是茂盛的绿树和灌木，只有走到跟前才能看清伸出的炮口。炮台在四周高楼大厦的包围下，显得清幽宁静、独树一帜。如今炮台指挥所早已人去室空，只有那些盘根错节的老榕夹裹着石砌的外墙，仿佛一群百岁老人在静静地诉说着昔日的硝烟弥漫和战火纷飞……

海口三面环海、风光旖旎，人均公共绿地 12 平方米，是世界卫生组织指定的中国第一个健康城市试点市。海口的万绿园独具热带滨海特色和生态风景园林特色，与蓝天、碧水、现代化高楼融为一体，成为都市中的一道迷人风景线。万绿园是海口最大的开放性热带海滨生态园林，也是游人和海口市民休闲运动的好去处。万绿园栽种了近万棵以椰子树为主的热带和南亚热带观赏植物数百种，呈现一派热带园林风光。2023 年迷笛音乐节正在万绿园激情上演，许巍、痛仰、唐朝等一大批实力音乐人及乐队齐聚海口，给美丽的椰城增添了无限的活力。徜徉于万绿园中，蓝天白云，绿草茵茵，碧海波光粼粼，让你在都市喧嚣中享受一隅寂静，体会人与自然和谐交融的美好情趣。

三月的风徐徐吹过，吹来山兰酒的阵阵飘香，吹动万泉河水涟漪微荡，吹响阿妹的山歌清脆嘹亮，吹拂深山里的树叶沙沙作响……我们的旅游大巴又出发了，下一站琼海。琼海市位于海南省东部，万泉河中下游。琼海山清水秀，自然资源丰富，是海南省东海岸经济、文化、水陆交通较发达的地区。发源于五指山的万泉河由西到东，横贯全境，就像一条洁白的绢带，一头系着历史，一头指向未来。万泉河哺育了两岸勤劳质朴的人民，在古代文明史上曾浓墨重彩写下了光辉灿烂的黎苗文化。

到达琼海，已是下午 5 点多。琼海是周士第将军的故里，参观周士第将军纪念馆是必不可少的打卡之地。纪念馆前庭正中矗立着周士第将军的全身雕像。展厅里陈列着周士第将军参加革命活动的照片、文献资料和文物600多件，形象、生动地反映了周士第的生平和历史功绩。周士第在他的革命生涯中，参加北伐战争、南昌起义、长征、百团大战，指挥晋北战役，协助徐向前指挥晋中战役、太原战役，参与指挥扶郿战役和秦岭战役，连续解放汉中、广元、剑阁、江油、绵阳等40多座县城，参与指挥抗美援朝战争防空作战。其铮铮之骨，赫赫之功，筑成共和国历史上一座伟岸的丰碑，像高山一样巍峨挺拔。

在琼海，空气新鲜，天空湛蓝，日出红霞就像一个美丽的女子。3月18日上午，我们怀着十分崇敬的心情，来到打响琼崖武装总暴动第一枪的嘉积镇椰子寨。椰子寨是一片红色的英雄土地。1927年9月23日，革命先驱王文明等率人民革命军，打响了全琼武装总暴动第一枪。“揽山水之秀，得人文之胜。”椰子寨依偎在白石岭的山脚之下，傍随在潺潺万泉河水畔，掩隐在丛丛苍翠的椰林之中，灵气而秀美，宁静而安详。

邂逅，是一场身与灵的契合；邂逅，是一次梦与景的融洽。椰子树婆娑着南国的风情，“国际范儿”与田园风光融合得恰到好处，还有那令人梦萦魂牵的、蓝透了的海与蓝透了的天相互缠绵，邂逅于此。2001年2月26日，亚洲论坛在博鳌召开成立大会，一夜之间，博鳌成为全球瞩目的地方。“博鳌”小镇名字的由来，离不开万泉河，“博鳌”二字意为“鱼多鱼肥”。博鳌集水、山、岛、沙于一体，是九曲江、龙滚河、万泉河三河的入海口，被联合国环保专家誉为世界河流入海口自然环境保存最好的地方之一。3月28日至31日在海南博鳌举行，年会主题为："不确定的世界：团结合作迎挑战，开放包容促发展"。

浩瀚的大海，如茵的草地，融江河湖海之风光，山麓、岛屿、港口之气势，椰林、田园之美景，沙滩、奇石之韵味于一体。鲜花似锦、游客如潮、相互交映、妙趣横生，天公的彩笔在这里描绘出了如此绝妙的画卷。氤氲在水的柔情里，感受小镇的身姿袅娜迷离；寻一片沉静与温馨，用心感受那大海的诉说。春风吹拂、碧波荡漾、金沙美海、风光旖旎，从博鳌码头乘船，便来到了被认定为"吉尼斯之最"的玉带滩。玉带滩横亘在南海与万泉河之间，一边是波涛滚滚一望无垠的南海，一边是九曲江、龙滚河、万泉河合流入海的内河，以独特的地形结构，把一咸一淡的海河相隔，成为博鳌港外挡滔滔海浪，内抵奔涌入海河水的自然屏障，成为护卫博鳌港的一道沙堤。

玉带滩之美，美在它的地形地貌。它位于博鳌水城东部，是一条自然形成的地形狭长的沙滩半岛。玉带滩，仅凭它的丰姿和知名度，而成为参加论坛会议的各国政要，以及慕名到博鳌的游客登临游览的首选之地。清朝宣统年间编修的《乐会县志》中记载："时海潮汹涌，砂碛逼隘，或南或北，开合无常，舟人未谙水道者，往往有覆溺之患，大抵其险天设。"千百年来，在海涛河浪日夜不息的相拥、相推、相拉、相撕、相搏的撞碰之下，沙滩的形态时而变宽，时而变狭。然而，不管玉带滩如何变异，它那长达 2.5 公里狭长形态，却是始终存在的，这也是玉带滩神奇之所在。1999 年 6 月，玉带滩以"分隔海河最狭窄的沙滩半岛"，认定为"吉尼斯之最"。

是哪位神仙的玉带，从天庭飘落？又为何偏偏飘落在这三江两海的出口处？一线白沙，将浩瀚的南海和平静的内海轻轻隔开，一边是波涛澎湃，一边是湖光山色；一边是伟岸魁梧，一边是柔情妩媚；一海一河，一咸一淡，一动一静，你能说这不是奇景吗？玉带滩之圣洁，已成为人们心中的图腾。据说这里的村民产下婴孩，总要到玉带滩上取洁净的沙砾，做成沙砾的枕头，让婴孩枕着，说是无夜啼、无夜尿、无夜惊，还可避邪保平安。每年除夕，每家每户都到玉带滩上取回未经人、畜踩过的洁净沙砾，把神龛香炉中祭祀一年的香脚、沙灰倒掉，换进玉带滩的新沙，然后取三支旧香脚插回炉中，点三炷新香插于炉中，意为香火相继，作为除旧迎新奉祀之延续。而换的这沙砾，也叫“金银香炉沙”，意为“年进一炉金与银”。

“仙鹿回头春意浓，猝迷猎人不拉弓。一见钟情结伴侣，神话姻缘耐寻踪。”这是张爱萍将军写于 1985 年的诗作《鹿回头》。3 月 18 日下午，我们的旅游大巴便开到了南海情山鹿回头。鹿回头景区位于三亚市区西南端海河交汇处，属于三亚热带滨海风景名胜区内的重要景点。景区主峰山顶著名的鹿回头雕像由我国雕塑家林毓豪先生创作，1983 年由海南黎族苗族自治州和三亚市（原崖县）两地政府出资兴建，是三亚市标志性雕塑。

鹿回头起源于一个流传千古的黎族爱情神话，传说古代有一位青年猎手从山上追赶一只坡鹿至南海之滨的一座山岭，坡鹿已精疲力竭，无路可走，猎手正欲拉弓射杀，只见坡鹿含着泪水回过头相望，猎手动了恻隐之心，放下了弓箭，后来坡鹿化身成美丽的少女，与这位猎手相爱，结成了夫妻。从此，他们在这块土地上繁衍生息，后人把这个山岭称为“鹿回头”。鹿回头的传说凝聚了海南黎族对美好生活的向往，三亚也因此被称为“鹿城”。

鹿回头实际上是一伸向南海的小山头，名叫鹿回头岭，高约 270 米。它原是一个孤立的海中小岛，后来因为地壳不断抬升，又被大量的珊瑚碎骨等堆积逐渐成为连岛沙，又与南边岭、火岭相连成一体，才成为今日所见到的奇特的陆连岛。鹿回头岭现已辟为公园，有环山公路可达山顶，山顶上竖立着再现鹿回头神话的塑像，高达 12 米。登临山顶，三亚市秀丽风景尽收眼底。夜登于斯，更有恍入广寒宫之感。在鹿回头山脚下，还可以看到色彩斑斓的鹦鹉鱼群、五光十色的海星、奇形怪状的寄蟹、其貌不扬的海参、海蚯蚓和珍奇的小亚鱼，此外还有海铁树、海柳、珊瑚树、海葵、鸡毛草、软珊瑚和海蚌、水母、海刺、海棉等海底观赏物，绚丽多姿，令人神往。椰林掩映宾馆、度假村、椰庄和珍珠养殖场。这里是我国最理想的冬季避寒度假胜地之一。

“爱很简单，牵你的手，去鹿回头。”现在鹿回头山顶已建成一座美丽的山顶公园，并根据美丽的传说在山上雕塑了一座高 12 米、长 9 米，宽 4.9 米的巨型雕像。此山因被称为“鹿回头”，也成为青年男女海誓山盟的情山。仙鹿的这一回头，回出了人性，回出了对生命的渴望与留念，根据美丽的爱情传说，公园还建成了“爱”字摩崖石刻，“永结同心”的海誓山盟台，“海枯不烂”石，连心锁、夫妻树等景点。“一花一木无不含情，一草一石处处有爱。”“满山都是情、满眼都是爱、满心都是感动。”如今，鹿回头已成为国内外情侣们祈求百年好合的打卡之地。

“向前进！向前进！战士的责任重，妇女的冤仇深，古有花木兰替父去从军，今有娘子军扛枪为人民……”熟悉的旋律，熟悉的歌词，几乎每个人都会哼唱几句。这首 20 世纪 60 年代中国内地最流行的歌曲之一，是1961年由八一电影制片厂摄制、由谢晋导演的影片《红色娘子军》的主题歌。万泉河柔情万种，一湾三折，穿城而过，恋恋不舍。深情的歌声，又把你带入那个久违了的激情年代。3月18日晚7点半，大型椰海实景剧《红色娘子军》在海南三亚激情上演。该剧以真山实水为舞台，以蕉风椰雨为伴奏，成为实景剧中的精品。

红色娘子军是一个步兵连，诞生于1931年，第一连有122人，除去庶务员、司号员、挑夫，其余全是被封建地主欺压不堪忍受的女孩子，平均年龄20岁。娘子军连的番号是中国工农红军第二独立师第三团女子特务连，初期任务是搞宣传、后勤、看押犯人，后来也投入到对敌战斗中。娘子军连存在了500多天，经历了大小56次战斗，用实际行动有力地打击了国民党反动派和土豪劣绅的统治。虽然最后有很多战士牺牲，连排骨干被敌人俘虏，但她们没有一个人变节投降。她们的英雄事迹，像闪电撕破了黑暗夜空，给革命事业建立了巨大功勋。她们是中国妇女的骄傲，是最美青春的践行者，她们用鲜血和生命谱写了英雄史诗，是值得中华民族永远铭记的英雄。

剧场背倚青山，以椰林碧空为景，衬以移动舞台，移动式观众席，并把无息投影、激光点亮、裸眼3D、三维爆破、280平方米可升降全色透视冰屏，以及跨度180米的高空真人威亚等黑科技贯穿其中，创造了唯美的视觉效果，给观众一次次的心灵震撼。椰海实景剧《红色娘子军》，以壮观磅礴的气势，真实再现了90年前的历史风云，用完美的艺术手段推送出红色娘子军英雄群体。既有浓浓的革命气息，又有滚滚的时尚风情。

“地极南溟阔，洞天琳宇奇。好山如绣画，野路自委蛇。”这是宋末进士云从龙《游大小洞天》中的诗句，描写大小洞天的奇特，位临南海之滨，洞四壁如玉，周围风景如画，路径逶迤如蛇。南溟，亦作“南冥”，南方的大海。《庄子·逍遥游》：“南冥者，天池也。”南冥，亦作海南的代称。

不知不觉中，三亚之旅已到了最后一天。3 月 19 日上午，我们的旅游大巴来到了大小洞天风景区。大小洞天古迹众多，自唐宋以来，南山大小洞天与传说中的东海三仙岛蓬莱、瀛州、方丈相媲美，并以神仙洞府著称于世。据史料记载，宋代著名神仙道士，南宗五祖白玉蟾，因喜南山神秀，归隐于此。现今景区内留存有“仙坛”“仙人足”等历史遗迹，以及多处游记诗文。南宋淳佑年间，郡守毛奎就任于此，先后发现大、小洞天，逐对这一景区进行开发，并留有《大小洞天记》等石刻文字。道家素有 10 大洞天，36 小洞天和 72 福地之说。现今景区海边巨崖之下有一处“小洞天”，上有古钓台。据《崖州志》记载，还有一处“大洞天”，洞内有石桌、石凳、小溪环绕，宛若仙境，且确实有人去过，但现今无人找到，充满着许多神秘色彩。

大小洞天云深林翠，岩奇洞幽，鬼斧神工，尚形状物的大小石群，遍布海岸，山海之间宛如一幅古朴优美的长卷图画。

漫步在景区入口处不远的沙滩，一面是婆娑的椰林，一面是翻卷的海浪，不远处还有一座白色的灯塔，此时也恰逢退潮之时，海面上时不时还能溅起小小的浪花。椰林与沙滩、海水与礁石、灯塔与蓝天组成一幅美妙的画卷，仿佛置身于人间的仙境。走在椰林间，树影婆娑，海风习习的清凉迎面而来。景区里的许多椰子树千姿百态，歪斜着将身体伸向大海，荡漾出一股浓郁的椰风海韵。这里的海滩不像玉带滩的海滩细沙绵绵，粗大的沙砾在海岸与礁石间镶成一道窄窄的金边，而水中的礁石则参差错落，恣意堆积，阻挡了海浪对海岸的侵蚀。每每有海浪击打礁石，堆起雪白的浪花，传出沉闷的响声，送来一阵阵大海湿咸的体味。“大海，我来了！”同行的先生、美女高呼着在海边拍照的同时，也感受着阳光、沙滩、海浪、椰风的恩赐。

烟波浩渺，帆影点点，椰林婆娑，奇石林立，如诗如画。大小洞天景区位于三亚南山山麓，绿色植被覆盖率达到85%以上，负氧离子含量居全国首位。南山也是长寿之山，更为奇妙的是，大小洞天分布有三万株“不老松”，与这块宝地共同抒写了“寿比南山不老松”的千古福愿。

鉴真东渡的故事可谓家喻户晓，高僧鉴真与三亚有着千古奇缘。鉴真六次渡海，前五次失败。唐天宝7年（748）6月，鉴真师徒等35人，从扬州启程第五次渡海时遇飓风，漂流万里到振州（三亚市）宁远河口（今大小洞天风景区）一带登岸。鉴真在振州居住期间，修造了大云寺，传播了佛教文化。唐天宝12年（753），鉴真第六次东渡成功，为促进中日两国文化交流、发展两国人民之间的友谊作出了杰出的贡献。大小洞天景区内有唐朝鉴真东渡的群雕，群雕取材鉴真一行第五次渡海漂船着陆的史迹，表现了他们百折不挠的坚强意志和长风破浪济沧海的必胜信心，以及劫后余生的喜悦心情。

“春山叠乱青，春水漾虚碧。寥寥天地间，独立望何极。”导游杨缘老师给大家介绍：“人到三亚，可以不去海角天涯，也可以不钻大小洞天，但南山得去，海上观音圣像值得朝拜。”三亚南山海上观音圣像，由原中国佛教协会会长赵朴初亲自选址，是中国佛教界的骄傲。南海观音总高108米，为钛合金材料敬造。圣像高88米，足下的莲花宝座高10米，共4层，每层有形状相同的27瓣莲花，共108瓣。观音圣像一面是手持莲花，另一面是手持经书，还有一面是手持佛珠。观音的造型设计集中了各个时代造像艺术的经典，其衣袂飘飘似举、其面相慈悲庄严，犹如踏海而来，欲度众生脱离苦厄，整体形象令人一见而生崇敬之心，是“真、善、美”三者的完美结合。

海因岛而妩媚，岛因海而辽阔。碧海、蓝天、沙滩与青山交辉；南山寺、鹿回头、星级酒店与山海一体；万泉河、玉带滩、博鳌论坛与海涛回响；椰之风、海之韵，琼崖之美与天地共美……“女士们先生们，我们的航班已经抵达上海虹桥国际机场……”三天的海南之旅已经结束，飞机起降的瞬间，我的思念和期待又重新升起，本次旅行我还有幸结识了某军区医院原副院长兼大外科主任医师王子录大校，“感动山西”十大人物之一的梁香草女士，原四川大学华西广安医院“最美天使”郑宗芬女士……

本文发中国作家网